Das Bronzetor

Das Bronzetor

Fantastische Erzählungen

von

Manuel Romero de Terreros y Vinent,
Marqués de San Francisco

Aus dem Spanischen übersetzt
von
Detlef Eberwein

Titel des spanischen Originals:
La puerta de bronce y otros cuentos
Guadalajara: Casa Editorial de Fortino Jaime 1922

Copyright für die deutsche Übersetzung
© Detlef Eberwein
Alle Rechte vorbehalten
Herstellung und Verlag:
BoD – Books on Demand, Norderstedt
ISBN 9783752658224

Inhalt

Das Bronzetor

Kardinal de Portinaris saß in einem bequemen Sessel aus karminrotem Samt neben einem breiten Fenster und diktierte sein Testament. In der ersten Klausel, die sein Glaubensbekenntnis enthielt, war es ihm gelungen, dem Üblichen eine andere Wendung zu geben, sodass sie nicht nur ein Kompendium der katholischen Religion, sondern auch ein echtes literarisches Werk darstellte. Sehr zufrieden fuhr der Prälat damit fort, jedes einzelne seiner Güter aufzuzählen, und als er dies tat, schien es ihm, als würde er sich die schönsten Seiten der Kunstgeschichte entlocken. Der Notar schrieb, so schnell er konnte, und obwohl er an Arbeiten dieser Art durchaus gewöhnt war, strengte es ihn in höchstem Maße an, und dicke Schweißtropfen erschienen auf seiner kahlen Stirn.

Nachdem die einleitenden Klauseln vollendet waren, machte der Kardinal eine Pause und richtete den Blick vage aus dem Fenster seines Arbeitszimmers. Der Herzogsplatz war ein einziges Gewimmel von Menschen, und der Prälat folgte mit seinem Blick dem Kommen und Gehen von Kutschen und Fußgängern. Es verging eine gewisse Zeitspanne, und der Notar fuhr sich mehrmals mit dem Taschentuch über die Stirn, und schließlich bemerkte er schüchtern:

„Ja, Eminenz?"

Aber der Kardinal blieb stumm.

„Ja, Eminenz?" bedeutete der Rechtsgelehrte noch einmal.

Die Wahrheit war, dass der Kardinal und Diakon der Basilika Santa Maria de las Rosas verwirrt war: Er fand niemanden, den er als Erben einsetzen konnte. Er gehörte einer der herausragendsten Familien der Toskana an, aber mit ihm ging das berühmte Geschlecht zu Ende. Sein einziger Neffe, Graf Fabrizio de Portinaris, war vor fünfzehn Jahren nach Amerika gegangen, und man hatte seither nichts mehr von ihm gehört. Wie viele Ermittlungen von Gesandten und Konsulatsangestellten auch angestellt wurden, waren sie doch nicht in der Lage, irgendeinen Bericht zu liefern, und alle gingen davon aus, dass der Graf gestorben wäre. Seit seinen ersten Jahren hatte Don Fabrizio seinen widerspenstigen Charakter unter Beweis gestellt, seine Börse war immer ein Fass ohne Boden gewesen, und es war für niemanden ein Geheimnis, dass seine Verrücktheiten seine Mutter frühzeitig ins Grab gebracht hatten.

Die Augen des Kardinals wurden feucht, und lange Zeit dachte er darüber nach, wen er als Erben einsetzen könnte. Er wusste, dass die sogenannten Wohltätigkeitsvereine wenig Nutzen aus einem Vermögen ziehen konnten, das eher in Kunstgegenständen als in materiellen Gütern bestand, und es schmerzte ihn in der Seele, daran zu denken, dass sie in den Händen der anonymen und geistlosen Person landen sollten, die sich Staat nennt.

Er entschied sich schließlich dazu, seinen ganzen Schatz einem Freund zu hinterlassen, und beschloss, dies zugunsten des Fürsten de Sant'Andrea zu tun, eines gütigen Magnaten und großherzigen Mäzens.

„Zu meinem einzigen und Universalerben setze ich ...", begann der Kardinal zu diktieren, als ein leichtes Klopfen an der Tür zu hören war.

„Herein!", rief der Prälat aus, und auf der Schwelle erschien ein schwarz gekleideter Dienstbote. Dieser trat vor und reichte auf einem silbernen Tablett eine Besuchskarte hin, die der Kirchenfürst mit einer gewissen Geste der Verärgerung entgegennahm. Wenn er eine Überraschung verspürte, als er „Graf Fabrizio de Portinaris" darauf las, so konnte er sie sogleich unterdrücken, denn in ruhigem

Ton sagte er zu dem Notar: „Ramponelli, wir machen das morgen fertig. Ihr könnt Euch zurückziehen."

Der Notar trug seine Papiere zusammen, steckte sie in eine Mappe, küsste mit dieser unter dem Arm den Kardinalsring und verließ den Raum, nachdem er eine tiefe Verbeugung gemacht hatte.

Daraufhin befahl der Kardinal seinem Kammerdiener:

„Der Graf soll eintreten!"

Don Fabrizio de Portinaris war an die fünfzig Jahre alt. Er war außerordentlich dünn und nicht besonders groß, hatte eine Adlernase, grau meliertes Haar und ein Gesicht voller Falten, sodass er auf den ersten Blick ständig zu lächeln schien.

Als er das Arbeitszimmer betrat, blieb sein Onkel gelassen und erhob sich auch nicht, und indem er unwillkürlich den Blick auf das Porträts Cesare Borgias richtete, das an einer der Wände hing, sagte er nur trocken:

„Ich habe nicht erwartet, Euch wiederzusehen, Neffe. Ich dachte, Ihr wärt gestorben."

„Noch lebe ich, Eminenz", erwiderte der Graf lächelnd und schickte sich an, dem Prälaten die Hand zu küssen, aber dieser zog sie unauffällig zurück, indem er auf einen nahen

Lehnstuhl deutete. Der Graf nahm Platz, und nach einigen Augenblicken peinlichen Schweigens sagte er:

„Ich bin heute Morgen angekommen und hielt es für meine Pflicht, zuallererst Eure Eminenz zu begrüßen."

„Ich danke Euch dafür", antwortete der Kardinal und entnahm seiner goldenen Schnupftabaksdose eine Prise. „Und sagt mir", fuhr er fort, „fandet Ihr in der Neuen Welt all jene Dinge, die Ihr vermisst hattet? Jene Freiheit, jenes reichliche Vermögen, jene wunderbare Gleichheit unter den Menschen, jene (hier lächelte der Kardinal) echte Demokratie?"

„Ich fand in der Neuen Welt, Eminenz, dasselbe wie in Europa. Fünfzehn Jahre lang habe ich ein beängstigendes Leben geführt, und heute komme ich, um Eure Vergebung zu erflehen und in meinem Land zu sterben."

Sein aufrichtiger Tonfall war so, dass sich der Kardinal feierlich erhob und Don Fabrizio de Portinaris segnete. Es war die Stunde des Sonnenuntergangs, und die Strahlen der untergehenden Sonne ließen das rote Gewand des Magnaten noch intensiver erscheinen.

Anfänglich wurde die Rückkehr des Grafen in der Stadt kaum erwähnt, denn er war fast aus ihrem Gedächtnis verschwunden. Aber bald wurde wieder von ihm gesprochen, denn Kardinal de Portinaris verfiel trotz seiner robusten Gesundheit auf bemerkenswerte Weise, und einen Monat später befand er sich am Rande des Grabes. Es fehlte nicht an denjenigen, die mit leiser Stimme von aus Amerika mitgebrachten raffinierten Giften sprachen, und jemand erinnerte in einem offenen Gesprächskreis daran, dass die Portinaris von Cesare Borgia abstammten. Als der Prälat verstarb und sein Testament geöffnet wurde, erfuhr man, dass er sein gesamtes Vermögen Don Fabrizio hinterlassen hatte.

Der neue Fürst verließ sogleich die Hauptstadt und richtete seinen Wohnsitz in einer nahegelegenen Villa ein, wo er ein zurückgezogenes und ruhiges Leben führte. Den wenigen Personen, mit denen er Umgang pflegte, erklärte er, er würde seine Memoiren schreiben.

Aber nachdem einige Monate vergangen waren, beschloss er, in die Hauptstadt zurückzukehren, und dort hieß es, er wolle in seinem Palast große Empfänge geben, denn er hätte den Wunsch, sich zu verheiraten und das Leben zu führen, das seiner Klasse entsprach.

Es ist überflüssig, hier eine Darstellung des Palastes der de Portinaris wiederzugeben, denn er wurde tausend Mal beschrieben. In jedem Werk, das die Kunst der Renaissance behandelt, nimmt er einen vorrangigen Platz ein, und er ist selbst denjenigen Personen gut bekannt, welche die fürstliche Stadt nie besucht haben. Es genügt, daran zu erinnern, dass zu den unzähligen Kunstwerken, die er beherbergt, das bemerkenswerteste, vielleicht das schönste Eingangsgitter gehört, das mit solcher Meisterschaft aus Bronze gefertigt ist, dass alle darin übereinstimmen, es dem Schöpfer der Türen des florentinischen Baptisteriums zuzuschreiben[1]. Von den unteren Paneelen sticht als Hochrelief die Geschichte jenes Hugo de Portinaris hervor, der, nachdem er die Festung des Borgo heldenhaft verteidigt hatte, zusammen mit seiner Frau und seinen beiden Töchtern von dem siegreichen und blutdürstigen Orlando Testaferrata enthauptet wurde. Dicke, aber exquisit bearbeitete Balusterstäbe tragen den Halbkreisbogen, der es oben abschließt und in dessen Mitte stolz das Tor hervorragt, das die sprechenden

---

1   **Lorenzo Ghiberti** (* um 1378 in Pelago; † 1. Dezember 1455 in Florenz) war ein italienischer Bildhauer, Goldschmied, Erzgießer, Architekt und Kunsttheoretiker. Seine berühmtesten Werke sind das Nordportal und die sogenannte Paradiespforte des Baptisteriums der Kathedrale von Florenz.

Wappen der Familie darstellt, während Kronen, Tiaren, Schwerter und gekreuzte Schlüssel überall von den großen Ehren künden, die ihr seit Menschengedenken zuteil geworden sind.

Mit den ersten Schatten der Nacht erreichte der Fürst seinen Palast. Als er die Ehrentreppe hinaufstieg, verspürte er eine Schwäche und wäre zu Boden gefallen, wenn er sich nicht auf den Sockel einer Statue gestützt hätte, die den ersten Treppenabsatz schmückte. Er erholte sich aber gleich wieder, durchquerte gefolgt von seinem Hofmarschall schnellen Schrittes die lange Galerie im Osten und betrat den nach Papst Calixtus benannten Raum, der als sein Schlafzimmer hergerichtet worden war. Es war sehr geräumig und im Gegensatz zu den sonstigen Räumen des Palastes relativ nüchtern. Wenige, aber prächtige Möbel schmückten ihn aus, und die Decke wies keinen allegorischen Plafond auf, ein Grund, aus dem ihn der Fürst den anderen gegenüber vorzog, denn, wie er lächelnd zu dem Hofmarschall sagte, er wolle von seinem Bett aus nicht die Engel und nackten Frauen des Giulio Romano sehen.

An jenem Abend nahm Don Fabrizio ein ganz leichtes Essen zu sich und ließ sich dann in seinem Arbeitszimmer nieder, um bis zu weit fortgeschrittener Stunde zu schreiben. Das riesige Gebäude war in das tiefste Schweigen gehüllt, denn die gesamte Dienerschaft hatte sich zum Schlafen zurückgezogen, und es war nur das Kratzen der Feder auf dem Papier zu hören. Lang war der Brief, den der Fürst schrieb, und er benötigte eine ziemlich lange Zeit, um ihn durchzulesen und daran einige Korrekturen vorzunehmen. Schließlich faltete er ihn sorgfältig zusammen, und nachdem er ihn in einen großen Umschlag gesteckt hatte, richtete er ihn an eine Person mit einem gewöhnlichen Familiennamen, die in der Republik Pánuco wohnte. Er schickte sich an, ihn zu versiegeln, als sich auf seinem Gesicht ein Ausdruck der Überraschung und der Angst abzeichnete. Das Arbeitszimmer befand sich neben dem, das dem Kardinal als solches gedient hatte, und als der Fürst den Kopf hob, um nach dem Petschaft zu suchen, bemerkte er, dass unter der Verbindungstür zu jenem Raum ein heller Lichtstrahl zu sehen war.

Nach einigen Augenblicken der Bestürzung gelang es Don Fabrizio, sich zu beherrschen und sogar zu lächeln, und er erhob sich von seinem Stuhl, um hinzugehen und das Licht zu löschen, das ein Dienstbote in jenem Raum versehentlich brennen gelassen haben würde. Er öffnete energisch die Tür ..., und das Blut gefror ihm in den Adern! Mit der geöffneten Schnupftabaksdose in der rechten Hand auf dem Sessel sitzend und im Begriff, ihr eine Prise zu entnehmen, befand sich die erlauchte Gestalt des Kardinals de Portinaris.

„Ich habe nicht erwartet, Euch wiederzusehen," sagte er langsam. „Ich dachte, Ihr wärt gestorben, Neffe."

Von größtem Entsetzen ergriffen entfloh Don Fabrizio und rief mit lauter Stimme nach dem Hofmarschall und den anderen Dienstboten, aber niemand kam ihm zu Hilfe, und er rannte durch die Galerien und stieß dabei Schreie aus, die in den Gewölben des herrschaftlichen Hauses widerhallten.

„Antonio, Bernardo, Julio, Gilberto!" schrie er, aber niemand wollte antworten, und in wahrem Grauen lief er, man kann sagen, kugelte er die Treppe hinunter und rannte, um den Hausmeister zu wecken. Mit beiden Händen schlug er heftig an dessen Tür, aber niemand hörte seine verzweifelten Schreckensschreie.

Er näherte sich dem Eingang zum Palast und wollte das Bronzetor öffnen, das ihn verschloss, aber wie große Anstrengungen er auch unternahm, es gelang ihm nicht, es auch nur einen Millimeter zu bewegen, und schließlich kam ihm in seiner Verzweiflung der Gedanke, zwischen den Stäben durchzuschlüpfen, denn dieses Haus wollte er um jeden Preis verlassen. Wie wir gesagt haben, war Don Fabrizio äußerst dünn, und er beschloss zu versuchen, den Körper durch den Teil des Gitters zu schaffen, in dem die Stäbe schlanker waren und infolgedessen einen größeren Abstand aufwiesen.

Am nächsten Morgen versammelte sich eine ungeheure Menge von Neugierigen am Eingang zum Palast. Der schwarzblaue und verunstaltete Kopf des Fürsten war zwischen zwei Stäben gefangen, und die aus den Höhlen springenden Augen schienen mit Entsetzen auf das Paneel zu blicken, auf das Ghiberti meisterhaft die Enthauptung des Hugo de Portinaris durch den mitleidlosen Orlando Testaferrata eingemeißelt hatte.

Ein praktisch denkender Mensch

Für Agustin Basave

Der Pater Verwalter des Novizenhauses der Gesellschaft Jesu in Spanien war sehr klein, hatte ein rotes Gesicht, weiße Haare und einen gemütlichen Gesichtsausdruck. Es hieß, in seiner Jugend hätte er mit den Musen Umgang gepflegt, aber wenn dies der Fall war, hätte man davon an Pater Hurtado keinen Nachgeschmack davon erraten. Der Pater Verwalter, ein heiliger Mann, wenn es einen gibt, war vor allem ein praktisch denkender Mensch. Beweise dafür hatte er bei tausend Gelegenheiten in einem solchen Maße geliefert, dass diese seine Eigenschaft nicht nur innerhalb der Gemeinschaft, sondern im ganzen Bezirk sprichwörtlich geworden war. Es erscheint uns überflüssig zu sagen, dass die genannte Einrichtung auf bewundernswerte Weise funktionierte, wie dies der großen Institution angemessen ist, von der sie einen Teil bildete.

Eines schönen Morgens im Juni, an dem der Pater Verwalter mit Zufriedenheit feststellte, dass der Verbrauch von Kartoffeln im vergangenen Monat sehr viel geringer als in dem entsprechenden des letzten Jahres gewesen war, unterbrach ein leichtes Klopfen an seiner Tür seine Arbeit.

„Herein!" rief er aus.

Der Bruder Fuente betätigte die Türklinke und sagte dann:

„Pater Verwalter, ein Mann möchte mit Ihnen sprechen."

Pater Hurtado, ein Feind von Vorzimmern, runzelte leicht die Stirn, antwortete aber:

„Er soll hereinkommen."

Wenige Augenblicke danach erschien ein Individuum, dessen Beschreibung wiederzugeben müßig ist, denn es war wie tausend andere: etwas mehr oder weniger als vierzig Jahre alt, dem Anschein nach gesund und arm, denn das Geld, wie das Sprichwort sagt, kann man nicht verheimlichen.

„Guten Tag, Pater."

„Gott zum Gruße. Womit kann ich dienen?"

„Pater Hurtado, ich komme, um mit Ihnen zu sprechen, weil ich mich in einer schwierigen Lage befinde. Ich habe nichts zu essen. Seit die Fabrik stillgelegt wurde ..."

„Wenn ihr euch auf Streiks einlasst" unterbrach der Mönch.

„Ich konnte nichts dagegen tun, und ich musste dasselbe machen wie alle Kollegen.

Die Sache ist die, dass die Arbeit nicht wieder aufgenommen wurde, und es gibt nicht die Spur davon, dass dies geschieht. Ich sterbe vor Hunger, und wenn ich auch Gott sei Dank niemanden habe, der von mir abhängig ist, so muss ich doch arbeiten. Ich verstehe ein wenig von Gartenarbeit."

„Mein Freund", sagte Pater Hurtado, „in diesem Haus haben wir keinen Garten."

„Ich habe als Maurer gearbeitet."

„In diesem Haus gibt es im Augenblick keine Reparaturen oder sonstigen Arbeiten zu erledigen."

„Pater, ich bitte Sie, ich flehe Sie an, mir etwas zu beschaffen. Sie sind ein so praktischer Mensch ..."

Es muss darauf hingewiesen werden, dass der Pater die ganze Zeit fast gar nicht auf seinen Gesprächspartner geachtet hatte, denn während er den Dialog führte, hatte er weiterhin Berechnungen angestellt, aber als er einen leichten Anklang von Bitterkeit oder Vorwurf im letzten Satz des Arbeiters bemerkte, hob er die Augen und sah ihn einige Augenblicke lang fest an.

„Ich wiederhole", fuhr er fort, „dass ich keine Arbeit habe, die ich Ihnen in diesem Haus geben könnte. Aber wenn Sie wollen, können Sie unser Kolleg in Carrión de la Vega aufsuchen. Ich bin sicher, dass sein Rektor, Pater Rodríguez, Ihnen alles geben wird, was Sie benötigen."

„Pater, tausend Dank", erwiderte der Mann. „Ich habe heute Morgen gebeichtet und bin zur Kommunion gegangen, und ich war sicher, dass Sie mir aus der Notlage helfen würden. Würden Sie mir bitte, Pater Verwalter, ein Empfehlungsschreiben oder ein kleines Briefchen geben?"

Pater Hurtado nahm einen Zettel, teilte ihn sorgfältig in zwei, hob die eine Hälfte für zukünftige Zwecke auf und schrieb auf das andere Papier ein paar kurze Zeilen. Er steckte es in einen Umschlag, verschloss und adressierte ihn und überreichte ihn Juan González.

Dieser verabschiedete sich, und als er die Tür öffnete, um wegzugehen, hielt ihn Pater Hurtado zurück und sagte zu ihm:

„Warten Sie einen Augenblick, Bruder."

Er verließ seinen Schreibtisch, benetzte sich zwei Finger in einem Weihwasserbecken, berührte damit die Hände des Arbeiters und sagte liebevoll zu ihm:

„Gehen Sie mit Gott!"

Der Rektor in Carrión de la Vega öffnete vorsichtig den Umschlag, den ihm der Pförtner gerade übergeben hatte, und entnahm ihm das Schreiben des Paters Hurtado; er las es, und ohne den Kopf zu heben, sah er den Bruder über seine Brille hinweg an.

„Ich verstehe das nicht", sagte er. „Wer hat dieses Papier gebracht?"

„Ein Mann, den ich nicht kenne. Er scheint Arbeiter zu sein."

„Hat er keine mündliche Nachricht mitgebracht?"

„Er hat mir nichts gesagt, Pater."

„Wo befindet sich dieser Mann?"

„Er wartet in der Pförtnerloge."

„Ich gehe hin, um ihn mir anzusehen."

Leicht verärgert erhob sich der korpulente Pater Rodríguez mühselig von seinem Sitz, nicht ohne einen Blick auf den Stapel von Briefen zu werfen, der sich auf seinem Schreibtisch befand und auf Beantwortung wartete, und begab sich zur Pförtnerloge.

„Guten Tag."

„Guten Tag, Pater", antwortete Juan González mit dem vor Hoffnung leuchtenden Gesicht.

„Sie haben dieses Briefchen von Pater Hurtado gebracht?"

„Ja, Herr."

„Und er hat Ihnen nichts aufgetragen, was Sie mir mündlich sagen sollen?"

„Nichts, Pater."

„Das ist merkwürdig. Bitte warten Sie einen Augenblick.

Der Rektor war überrascht. Dass ein Mann wie Pater Hurtado diese paar Worte geschrieben haben sollte, die so bar gesunden Menschenverstandes waren, war absurd. In den neben der Pförtnerloge liegenden Gängen traf er den Pater Prokurator und den Pater Präfekt, die respektvoll ihre Birette lüfteten, als sie ihren Oberen sahen.

„Pater Hurtado ist verrückt geworden", sagte der Rektor ohne weitere Einleitung.

„Unmöglich!" riefen die beiden anderen gleichzeitig aus.

„Wie erklärt ihr es euch dann, dass er mir dieses Briefchen geschickt hat?" fragte er und reichte das Papier dem Präfekten, der die folgenden Zeilen laut vorlas:

„Geschätzter Pater Rodriguez: Ich bitte Sie, für eine christliche Bestattung des Überbringers dieses Schreibens zu sorgen. Ihr ergebener Bruder in Christus. Alonso Hurtado, S.J."

Es herrschte Schweigen. Der Pater Verwalter von Espadal, der als vernünftigster Mensch der Provinz galt, konnte diese Worte nicht geschrieben haben.

Instinktiv begaben sich die drei Mönche zur Pförtnerloge, um Juan González zu befragen, denn sie waren sicher, dass es sich um einen Scherz handelte.

Aber Juan González lag mit weit geöffneten Augen rücklings auf dem Boden. Zwei Fäden schwarzen Blutes befleckten seine Oberlippe, und er hielt die linke Hand krampfhaft auf der Brust.

Similia similibus

Für Luís Castillo Ledón

Da der berühmte Homöopath Dr. Idiáquez nun bereits verstorben ist, kann ich das Geheimnis lüften, das er mir unter dem Siegel meines Ehrenwortes mitgeteilt hat.

Es ist jetzt genau zehn Jahre her, dass die seltsame Krankheit anfing, die mich zum Besuch dieses Arztes veranlasste und deren rasche Heilung die erste Stufe seines Ruhms darstellte. Von Kindheit an war ich kränklich und schwach, und ich kann daher ohne große Übertreibung sagen, dass ich meine ganze Kindheit und die Hälfte meiner Jugend in Behandlungszimmern von Ärzten verbrachte. Für all meine Verwandten war es wahrhaftig ein Wunder, dass ich am Leben war. Ich hatte kaum dreißig Jahre vollendet, als ich unter den schlimmsten Kopfschmerzen zu leiden begann, die man sich vorstellen kann, und sie nahmen von Tag zu Tag noch zu, sodass sie mein Leben zu einem echten Martyrium machten. Ruhe vor ihnen hatte ich nur, wenn ich schlief, und aus diesem Grund versuchte ich ständig, Morpheus den Hof zu machen.

Aber es kam der Tag, da konnte nicht einmal der Schlaf mehr meine Leiden vertreiben, und das Seltsamste des Falles war, dass die Schmerzen, die mich quälten, umso schlimmer waren, je fantastischer und schöner die Dinge waren, die ich träumte. Man wird daher verstehen, dass ich dann den Schlaf zu fliehen versuchte, indem ich starke Dosen Kaffee zu mir nahm. Und ich wartete auf den Tod als eine ersehnte Befreiung. Aber trotz all meiner Bemühungen, wach zu bleiben, und des Horrors, den ich in der Nacht kommen sah, übermannte mich schließlich der Schlaf, und sogleich erschienen in meinem Geist die seltsamsten Visionen, die man sich selbst in dieser unerklärlichen Welt vorstellen kann. Sternenregen, kaleidoskopische Morgenröten, fremd-artige Blüten nahmen meinen Geist ständig in Beschlag; manchmal sah ich auf einem phosphoreszierenden Meer eine goldene Galeone mit karmin- und granatrotem Segelwerk auf mich zu kommen, während eine unbeschreibliche Harmonie in meinen Ohren erklang. Und je schöner diese Visionen waren, wiederhole ich, desto schlimmer war der Schmerz, der mein Gehirn marterte. Und dieser Terror bemächtigte sich meiner Seele, sodass ich nicht verstehe, wieso ich nicht in einem Irrenhaus landete.

Keiner der Ärzte, die ich konsultierte, fand ein Mittel gegen mein Leiden, und ich habe meinen Tagen nur dank meiner religiösen Prinzipien kein Ende gesetzt. Schließlich befolgte ich den Rat, ich weiß nicht mehr, welchen berühmten Arztes und beschloss, mehrere der hervorragendsten Ärzte der Stadt zu einer Untersuchung zusammenkommen zu lassen, und nach zwei Stunden der peinlichsten Befragung sprachen sie ihr Urteil. Mein Leiden war unheilbar und würde sich zum Irresein auswachsen; der Tumor, der sich in meinem Gehirn gebildet hatte, konnte nicht operiert werden, und der Tod kam, wenn auch langsam, näher.

Ich ging aus dieser Untersuchung wie ein Betrunkener hervor. Ich habe gesagt, dass ich mir oftmals den Tod gewünscht hatte, und dennoch liebte ich an diesem Tag trotz meiner schrecklichen Leiden das Leben. Von meinen Gedanken völlig in Anspruch genommen, wie man sich denken kann, ging ich auf abgelegenen Straßen nach Hause, denn ich fürchtete mich davor, einen bekannten Menschen zu treffen. Plötzlich ließ mich, ich weiß nicht, welcher Impuls, meinen Blick auf eine kleine Metallplatte über dem Eingang eines schmutzigen Wohnhauses heften. Ich las das Schild: „Dr. Idiáquez, Homöopath", und fast ohne zu überlegen, was ich tat, betrat ich das Haus und ging die baufällige Treppe hinauf.

Dr. Idiáquez war ein gewöhnlicher und abgemagerter Mann, und sein Behandlungszimmer war eine schmutzige und elende Dachstube. Beide erinnerten mich sogleich an die Szene mit dem Apotheker in „Romeo und Julia".

Ich legte ihm mein Leiden und die Meinung der Ärzte dar, die ich konsultiert hatte, und Dr. Idiáquez hörte mir mit größter Aufmerksamkeit zu.

„Ihre Krankheit", sagte er mir am Ende, „ist zweifellos seltsam und rührt tatsächlich von einem Tumor her, der sich in Ihrem Gehirn gebildet hat, aber er ist nicht nur nicht unheilbar, sondern ich kann Sie innerhalb von drei Tagen davon befreien."

„Wie!", rief ich aus und wollte nicht glauben, was ich hörte.

„Ganz einfach", antwortete er mit großer Ruhe. „Hier haben Sie diese Globuli, die Sie alle drei Stunden einnehmen müssen: abwechselnd drei aus dem mit A gekennzeich-

neten Fläschchen und vier aus dem mit B gekennzeichneten. Heute ist Montag; kommen
Sie am nächsten Freitag, schon geheilt, wieder
zu mir."

Ich bezahlte sein bescheidenes Honorar
und ging rasch die Treppe hinunter, als würde
ich auf Flügeln der Hoffnung dahingleiten.
Der Abend war mild und duftend, und der
Sonnenuntergang glich einem Feuer auf den
fernen Bergen.

In jener Nacht blieben meine Leiden zum
ersten Mal aus, aber auch die schönen
Träume waren dahin, und ich wurde von
schrecklichen Albträumen geplagt. Diese
wurden in den beiden folgenden Nächten in
solchem Maße schlimmer, dass nicht einmal
Dante sie sich in der tiefsten Hölle hätte vorstellen können.

Schließlich kam der ersehnte Freitag heran,
und tatsächlich ging ich befreit von jedem
physischen und moralischen Leiden die baufällige Treppe hinauf, die zum Behandlungszimmer von Dr. Idiáquez führte. Dieser emp-
fing mich liebenswürdig und versicherte mir,
meine Heilung wäre endgültig. An diesem Tag
kaufte ich eine Büste von Hahnemann und
stellte sie an prominenter Stelle in meiner
Bibliothek auf.

Es erscheint mir überflüssig zu sagen, dass sich die Nachricht von meiner schnellen Heilung im ganzen Land verbreitete, und der Name von Dr. Idiáquez wurde sogleich berühmt. Von da an vollzog er die überraschendsten Heilungen und erwarb in kurzer Zeit ein beträchtliches Vermögen. Was seine Patienten am meisten erstaunte, war, dass er niemals Arzneimittel verschrieb, sondern sie ihnen immer selbst bereitstellte und sie im Allgemeinen mit Buchstaben, obwohl auch manchmal mit Zahlen kennzeichnete.

Natürlich ging ich eine enge freundschaftliche Verbindung mit ihm ein und besuchte ihn oft in seinem neuen und luxuriösen Haus. Eines Tags wagte ich, zu ihm zu sagen: „Doktor, schon seit langer Zeit wollte ich Ihnen eine Frage stellen."

„Das wäre?"

„Aus was bestanden die Globuli, die zu meiner wundersamen Heilung führten?"

„Mein Freund, dies ist mein Geheimnis, aber da ich Ihnen mein Vermögen verdanke, will ich es Ihnen sagen, wenn Sie mir versprechen, es nicht zu verraten, solange ich lebe. Sobald ich sterbe, haben Sie die Freiheit, es in alle vier Winde zu verkünden."

Ich gab das verlangte Versprechen, und mit einem sehr traurigen Lächeln, ich habe auf dem Gesicht eines Menschen nie ein traurigeres Lächeln gesehen, sagte Dr. Idiáquez langsam:

„Die mit ‚A' gekennzeichneten Globuli bestanden aus Wasser und Zucker, die mit ‚B' gekennzeichneten aus Zucker und Wasser."

Der alte Herr

Für Luís García Pimentel

Die Familie Hernández de Sandoval, vor zehn Jahren sehr reich und heute fast im Elend, war eine der angesehensten in Mexiko-Stadt. Die wichtigste Grundlage ihres Vermögens bildeten die ausgedehnten Haciendas, die sie seit den Zeiten der Conquista in dem heute so genannten Bundesstaat Morelos besaß, einer überaus fruchtbaren Gegend, wo vorzugsweise Zuckerrohr angebaut wurde. Viele der mexikanischen Haciendas bewahren noch den Charakter von Festungen, den ihnen ihre ersten Besitzer zu verleihen verstanden, während andere dagegen, die sich nicht durch ihre Architektur auszeichnen, reichlich über natürliche Schönheiten verfügen, und all dies führt dazu, dass ein Besuch eines dieser Landgüter im Allgemeinen nicht ohne Interesse ist.

Trotz der engen Freundschaft, welche die Familie Hernández de Sandoval mit meiner seit vielen Jahren verband, hatte ich keine Möglichkeit gehabt, eine ihrer Haciendas zu besuchen, obwohl sie doch lange Zeiträume auf der unseren verbrachten, die sich in der

Mitte des Landes befindet, sodass ich bereit-
willig die Gelegenheit ergriff, den Sohn des
Hauses, Antonio, zu begleiten und in so ange-
nehmer Gesellschaft das wichtigste Landgut
der Familie zu bereisen, das für seinen Reichtum und seine natürlichen Reize bekannt
war, da ich mich von meinen nicht zahlreichen, aber doch unumgänglichen Aufgaben
lösen konnte.

Wir verließen Mexiko-Stadt in der Nacht eines zehnten Augusts und erreichten am frü-
hen Morgen die historische Stadt Puebla de
los Angeles. Den ganzen folgenden Tag verbrachten wir auf der Eisenbahn, eine unangenehme Reise wegen der übermäßigen Hitze,
die sich spüren ließ und die uns jeder Lust be-
raubte, die Strecke zu bewundern, die reich
und vielfältig an Kulturen und Panorama war.

Müde und erschöpft von der hohen Temperatur erreichten wir in den ersten Stunden
der Nacht einen kleinen Bahnhof, an dessen
eingeborenen Namen ich mich nicht erinnern
will, und wo uns der Verwalter der Hacienda
und mehrere Dienstboten mit entsprechenden Reittieren erwarteten. Wir machten uns
sogleich auf den Weg, und sei es, dass die
Nacht auf freiem Feld im Vergleich zu den

Unannehmlichkeiten auf der Eisenbahn relativ frisch war, sei es, dass ich das Ende der Tagesreise nahen sah, die Strecke kam mir jedenfalls kurz vor. Schon bald, nachdem wir den Bahnhof verlassen hatten, sah ich in den Schatten der Nacht, wie sich die Silhouette der gewaltigen Masse abzeichnete, welche die berühmte Hacienda San Javier darstellte. Und diese anfänglich verschwommene Silhouette wurde rasch deutlicher und erlaubte mir, zuerst den hohen Schornstein der Zuckerfabrik, den stattlichen Turm der Kirche mit seiner schlanken Spitze, die Dachluken und schließlich alle wichtigen Einzelheiten des Bauwerks zu erkennen.

Wir hatten wenig oder nichts gesprochen, und da ich annahm, dass Antonio mir am nächsten Tage sämtliche Details der Hacienda zeigen würde, unterließ ich es, Fragen zu stellen, aber als wir in den riesigen Hof oder besser gesagt auf die Plaza kamen, die vor dem Gebäude lag, überraschte mich die seltsame Silhouette eines Mannes auf der Brüstung des Daches, sodass ich nicht umhinkonnte, als auszurufen:

„Wer ist dieses Individuum, das deine Ankunft in einer sonderbaren Haltung erwartet?"

Denn es muss darauf hingewiesen werden, dass er (in der unmittelbaren Gefahr herabzufallen) auf der Brüstung saß und den übertriebensten Zylinder trug.

Antonio lachte nur und sagte:

„Ach! Morgen stelle ich ihn dir vor."

Wir stiegen an einem breiten Portal von unseren Reittieren ab, und nachdem uns im „Purgar" oder Hauptbüro der Buchhalter und die anderen Mitarbeiter der Hacienda vorgestellt worden waren, gingen wir hinauf, um ein ganz leichtes Abendessen zu uns zu nehmen und uns dann sogleich in Morpheus' begehrte Arme zu werfen.

Eine kleine Verärgerung zeichnete sich auf dem Gesicht meines Freundes ab, als ihm der Verwalter mitteilte, dass der größte Teil der Zimmer des Hauses gerade renoviert und gestrichen wurde und dass daher nur zwei Zimmer verfügbar waren, in denen man schlafen konnte, ein kleines und ein anderes dagegen sehr großes. Es muss nicht gesagt werden, dass mir dieses von meinem Freund überlassen wurde, und als ich es betrat, war es meine freudige Überraschung, dass ich es sehr kühl fand und dass mein Bett an der Seite einer Fenstertür stand, die auf den Laubengang oder die offene Galerie hinausging, welche die ganze Fassade und eine Seite des oberen Stockwerks des Hauses umschloss. Dieser Laubengang maß ungefähr vier Meter in der Breite und ebenso viele in der Höhe, er war überwölbt, und durch die weiten Bögen zeichnete sich die bezaubernde Landschaft ab, die in den Schatten der Nacht eine ungewöhnliche Süße und Gleichmut besaß, während die Luft vom Duft der verschiedenen Pflanzen erfüllt war, die in dem dortigen Klima wachsen.

Trotz der Müdigkeit, die ich spürte, blieb ich eine ganze Weile in der Einsamkeit dieser Galerie in meine Gedanken versunken, und mit einem leichten Dröhnen in den Ohren hörte ich die Stille, die nur gelegentlich von dem Bellen eines Hundes im nicht weit entfernten „Wirklichen" unterbrochen wurde.

Schließlich legte ich mich in die Laken, ließ das Fenster offen und schlief sofort ein.

Ich weiß nicht, wie lange ich geschlafen hatte, als mich das laute Husten einer Person weckte. Diese schien sich auf der Galerie wenige Schritte von mir entfernt zu befinden, und ich folgerte sofort, dies wäre der Nachtwächter, der auf jeder Hacienda nachts die Runde zu machen pflegt. Da der Husten nicht aufhörte, sondern sich im Gegenteil auf solche Weise verschlimmerte, dass der arme Mann Gefahr zu laufen schien, zu ersticken, sprang ich aus dem Bett, um ihm Hilfe zu leisten. Aber wie groß war doch meine Überraschung, als sich auf die Galerie hinaustrat und feststellte, dass nicht nur das Husten aufhörte, sondern sich auch der Nachtwächter oder was immer es war nicht dort befand! Ich legte mich wieder hin, und nach wenigen Augenblicken wiederholte sich der Vorgang mit denselben Ergebnissen, und zwei und drei Mal noch, bis ich zu der Annahme gelangte, der Mann würde sich in irgendeiner abgetrennten Ecke der Galerie befinden, die, da sie überwölbt war, das Echo des Hustens so übertrug, dass er sich anhörte, als wäre das direkt vor der Tür meines Schlafzimmers.

Am nächsten Morgen wollte Antonio, nachdem ich ihm von dem unangenehmen Zwischenfall berichtet hatte, der meinen Schlaf unterbrach, herausfinden, wer der Nachtwächter war, der auf der Galerie eine so schlechte Nacht verbracht hatte. Aber der Verwalter antwortete rundheraus, niemand, denn in dieser Zeit vollkommener Ruhe war die Anwesenheit eines solchen Dienstboten unnötig. Und auf die wiederholten Nachfragen, dass es ja jemand gewesen sein müsste, war nach der Befragung sämtlicher Angestellten und Dienstboten die Antwort immer dieselbe.

Ohne der Sache größere Bedeutung beizumessen, denn in Wirklichkeit hatte sie ja kaum eine, unternahmen wir die Besichtigung der riesigen, aus dem sechzehnten Jahrhundert stammenden Anlage, Festung, Kloster und Landhaus alles in einem nachempfunden: der großartigen Kirche, deren Turm und Kuppel auf ihren Fliesen die Strahlen der Tropensonne reflektierten, und des Kesselhauses, ein Werks der Erfindungsgabe im eigentlichen Sinn, eines enormen, selbstständigen Gebäudes und für mich bar jedes Interesses. Als wir das Dach des Hauses begingen, übernahm Antonio die Vorstellung der seltsamen Persönlichkeit, die am Vorabend meine Aufmerksamkeit geweckt hatte. Es war eine Statue aus Stein! Ich konnte nicht anders, als loszulachen, als ich sie sah: Sie war äußerst grob gestaltet und stellte eine Person kantigen und disproportionierten Aussehens mit unterhalb der Knie gekreuzten Beinen und mit den Händen in der Haltung dar, als würde sie klatschen. Damit es diesem Kunstwerk an

nichts fehlte, war es von der Spitze des über-
triebenen Sombreros bis zu den Füßen mit
glänzender rosaroter Farbe beschmiert.

„Hier hast du", sagte Antonio, „die Person,
die dir vorzustellen ich versprochen habe.
Wie du siehst, ist es ein Kunstwerk. Es heißt
Herrera Goya. Damit du nicht über ein Mit-
glied der Familie lachst, will ich dir erzählen,
dass Don Joaquín de Herrera Goya ein Vorfahr
von mir war, wenn auch nicht in direkter Li-
nie, denn er starb unverheiratet. Seine
Schwester, meine Ururgroßmutter, hat diese
Hacienda von ihm geerbt, und ich weiß nicht,
ob wir ihr diese so schöne Statue verdanken.
Es ist der Brauch, sie jedes Jahr zu streichen;
so, wie du sie heute rosafarben siehst, wurde
sie schon himmelblau, gelb, grün, alles außer
schwarz gestrichen, denn hier herrscht der
Glaube - Sachen der Indios -, dass ein Un-
glück geschehen würde, wenn sie in dieser
Farbe gestrichen wird. Die Haltung ihrer
Hände bedeutet nicht, dass sie applaudieren
will, sondern sie misst damit die Größe der
Zuckerhüte, die auf seiner Hacienda herge-
stellt wurden und die seine Taschen mit Dub-
lonen gefüllt haben. Die Tradition erzählt

keine sehr schmeichelhaften Dinge über diesen Herrn; eines Tages werde ich sie dir erzählen."

Die lächerliche Person war mir nicht gerade sympathisch, und als ich in den Hof hinunterging und sie von dort sah, stellte ich fest, dass sie sich über der Galerie und zwar genau über der Stelle befand, wo diese Zugang zur Fenstertür meines Schlafzimmers gewährte.

Der ausgedehnte und fruchtbare Nutzgarten des Landguts weckte wegen seines orientalischen Aussehens meine Aufmerksamkeit. Dies war zum großen Teil auf ein Wasserbecken mit Springbrunnen zurückzuführen, das es in ihm gab. Auf meine Beobachtung antwortete Antonio:

„Ja. Meine Mutter nannte ihn den ‚Garten der Sultana'. Setze dich nicht dorthin", fügte er hinzu, als ich mich anschickte, dies auf einer breiten Steinbank in der Nähe zu tun. „Hier wirst du es bequemer haben."

Und direkt am Rand des Wasserbeckens blieben wir einige Zeit und hörten dem sanften Geräusch des Wassers zu.

Es gehört nicht hierher, über das Leben auf jenem Landgut während der Woche zu berichten, die wir dort verbrachten. Ich werde

nur sagen, dass sich in sechs Nächten ungefähr zur gleichen Stunde der Zwischenfall der
ersten wiederholte, eine Sache, die uns auf
eine solche Weise neugierig machte, dass wir
uns vornahmen, den nächtlichen Asthmati-
ker zu entdecken. Antonio hielt es für das Rat-
samste, einen gewissen, ihm sehr ergebenen
Paulino, einen Mann seines vollsten Vertrauens, dazu abzuordnen, die Nacht in meinem
Zimmer direkt auf der Schwelle der Fenstertür
zu verbringen, um dabei zu helfen, das lästige,
wenn auch ein wenig lächerliche Geheimnis
aufzuklären.

Es war die letzte Nacht, die wir in San Javier
verbringen sollten, denn am nächsten Tag
würden wir nach Mexiko zurückkehren, und
gleichgültig gegenüber dem Vorfall, der meinen Schlaf so wiederholt gestört hatte, legte
ich mich in der Absicht auszuruhen ins Bett.

Der Husten erschien mir in dieser Nacht
stärker und hartnäckiger als in den vorheri-
gen zu sein. Als ich aus dem Bett sprang, sah
ich mit Zufriedenheit, dass auch Paulino ihn
hörte, denn er saß auf seiner Matte mit Erstaunen, das sich auf seinem Gesicht abzeichnete.
Wir gingen beide hinaus und suchten die Galerie ab, ohne einen Menschen zu finden,
aber unter dem seltsamen Umstand, dass uns

der hustende Mann auf der ganzen Strecke zu folgen schien.

Des Suchens müde kehrten wir in das Zimmer zurück, und als wir die Schwelle überquerten, wurde der Husten, an dem die geheimnisvolle Person litt, auf eine solche Weise schlimmer, dass wir deutlich hörten, wie er erstickte. Dieser schreckliche Husten artete in einem Keuchen, einem Röcheln aus, und plötzlich war zu hören, wie eine wachsende Anzahl von Katzen miaute, in allen vorstellbaren Dissonanzen furchtbar kreischte. Ich hätte geschworen, dass es ungefähr hundert von diesen Tieren um uns herum gab. Ich trat mit der Sicherheit wieder auf die Galerie hinaus, in den Schatten der Arkade ihre phosphoreszierenden Augen zu entdecken, aber es war nichts zu sehen. Das schrecklich misstönende Konzert wurde kräftiger. Ich hörte, wie etwas zu Boden fiel, und als ich den Blick wandte, sah ich Paulino, der mit gekreuzten Armen mitten in dem Zimmer auf die Knie gefallen war, und mit dem größten Schrecken, der sich auf seinem Gesicht abzeichnete, rief er mit Grausen aus:

„Heiligste Jungfrau! Der alte Herr, der alte Herr!"

Es gibt Ereignisse im Leben, die, wenn man sich nach Jahren und mit gelassenem Geist an sie erinnert, nur noch einen lächerlichen Aspekt aufweisen. Aber ich werde niemals vergessen, dass mir in jener Nacht, als ich das Röcheln des unsichtbaren Mannes, das schreckliche Miauen von hundert Katzen und den angsterfüllten Tonfall eines armen Indios hörte, das Blut in den Adern gefror, dass sich mir die Haare sträubten, dass ich am ganzen Körper zitterte und dass ich - ich gestehe es - Angst hatte!

Ich stürzte gefolgt von Paulino aus dem Zimmer, und über Gerüste und Farbeimer stolpernd begaben wir uns eilends zu dem Schlafzimmer, wo Antonio ruhig schlief.

„Antonio, um Gottes willen!", rief ich aus. „Dieser Ort ist verhext!"

„Was denn? Was ist los? Aber, Mensch!" fügte Antonio hinzu, als er die Kerze ansteckte und den Ausdruck auf unseren Gesichtern sah. „Was habt ihr? Seid ihr verrückt?"

„Da fehlt nicht viel, versichere ich dir."

Und ich berichtete überstürzt, was wir gerade gehört hatten.

„Woher denn, Mensch! Das kann nicht sein! Ihr träumt. Gehen wir hin, und du wirst sehen, dass es da nichts gibt."

„Nein! Wir gehen nicht!"

„Doch", sagte er entschlossen, und wir machten uns auf den Weg, er vorweg. Als wir mein Schlafzimmer erreichten und es betraten, herrschte die tiefste Stille.

„Siehst du?" sagte mein Freund. Aber in diesem Augenblick brach das schreckliche Miauen wieder los, und Paulino konnte nur noch mit verängstigter Stimme ausrufen:

„Junge, es ist der alte Herr!"

„Gehen wir, gehen wir weg von hier!"

Und wir verließen jenen entsetzlichen Raum.

Den Rest der Nacht verbrachten Antonio und ich ohne ein Wort von uns zu geben auf Sesseln in seinem Schlafzimmer, Zigaretten rauchend und unsere Gedanken mit tausend Mutmaßungen beschäftigt, bis wir durch das offene Fenster sahen, wie die Sterne verschwanden und sich am Himmel die Helligkeit der ersehnten Morgenröte abzeichnete.

Wie zu vermuten ist, nahmen mit dem Tageslicht meine Wünsche zu, den merkwürdigen Vorfall aufzuklären, und ich bestürmte meinen Freund mit tausend Fragen, deren Beantwortung er sich entzog, indem er erklärte, dies alles wäre auch für ihn ein Ge-

heimnis. Aber trotzdem war ich davon über-
zeugt, dass er etwas wusste, das er mir nicht
mitteilen wollte, und ich bedrängte ihn so
sehr, dass er schließlich von dem Verwalter
ein paar altertümliche Schlüssel verlangte
und lakonisch sagte:

„Folge mir."

Wir gingen die ganze Galerie entlang, gar
nicht düster im Licht des Morgens und dem
Duft der Pflanzen, die es dort gab, stiegen
Treppen hinab und ließen Gänge hinter uns,
und schließlich öffnete Antonio eine kleine
Tür, die, als sie sich in ihren Angeln drehte, einen starken Geruch nach altem Papier und
altem gegerbtem Schafsleder austreten ließ.
Sofort verstand ich, dass dies das Archiv des
Hauses war. Tatsächlich war diese Gewölbe-
kammer vollgestopft mit Aktenbündeln, Foli-
anten und Büchern, die sich in mehreren Re-
galen drängten und sorgfältig geordnet waren,
wie den deutlichen Zahlen und Schildchen zu
entnehmen war, die sie jeweils aufwiesen.

Er blieb einen Augenblick stehen und ließ
den Blick über dieses uralte Arsenal aus Papier und Pergament gleiten. Er streckte den
Arm aus und holte ein nicht sehr umfangrei-
ches Aktenbündel heraus; er schnürte es
sorgfältig auf und ging die Unterlagen durch,

die es enthielt, bis er auf ein Edikt der Inqui-sition stieß, das auf kräftigem Genueser Paper verfasst war und als Überschrift die wohlbe-kannte Formel trug: „Wir, die Inquisitoren des Glaubens, gegen die ketzerische Anmaßung etc.". Ich benötigte einige Zeit, um seinen In-halt zu entziffern, und entnahm ihm dann schließlich, dass am 15. August 1614 Herr Joa-quín de Herrera Goya, Besitzer der „Zucker-mühle San Francisco Xavier, Diözese Puebla de los Angeles" bei dem heiligen Amt der In-quisition als Hexer angezeigt wurde. Das ge-fürchtete Gericht forderte genannten Herrn auf, vor ihm wegen der so schrecklichen Be-schuldigung zu erscheinen und die entspre-chende Strafe zu erleiden, wenn er für schul-dig befunden würde.

„Schlecht würde es Herrera Goya im Inqui-sitionsverfahren ergehen!" rief ich aus, als ich die Lektüre des Dokuments beendet hatte.

„Er ist nicht erschienen", sagte Antonio. „Er ist an dem Tag gestorben, an dem er dieses Edikt erhielt."

„Wie! Auf welche Weise?"

„Ich glaube, dass er an Altersschwäche starb - er war achtzig Jahre alt - oder aufgrund des Schreckens, sich in einer so ernsten und kritischen Lage zu befinden, obwohl ich dir sagen muss, da du ja alles wissen willst, dass es auch heißt, sein Tod wäre tragisch gewesen. Dieser Herrera Goya war, wie es scheint, ein eigenartiges Wesen, vor allem für seine Zeit. Er pflegte Versuche mit Kräutern anzustellen, sammelte Insekten und hatte bis zu einem halben Hundert Katzen, die ihm überallhin folgten."

Dieser Punkt bereitete mir eine durchaus unangenehme Überraschung, und ich bezog ihn sogleich auf das Geheimnis, das wir ergründen wollten.

„Ich verstehe deine Bestürzung", fuhr Antonio fort. „Und du musst wissen, dass nach der Überlieferung unter den Leuten dieser Hacienda Herrera Goya - der alte Herr, wie sie ihn nennen - sein seltsames Gefolge über alle Maßen schlecht behandelte, ja mehr noch, dass er es jederzeit quälte. Und sie versichern, dass er deswegen starb, weil sich all seine Katzen auf ihn stürzten, ihm die Krallen in den Hals schlugen und ihm die Kehle in Fetzen rissen, bis er nach schrecklichen Qualen schließlich leblos in einer Lache seines eigenen Blutes lag."

Er berichtete mir dann, wie das heilige Amt der Inquisition verboten hatte, Herrera in hei-

liger Erde zu begraben, und wie der blutbe-
fleckte Leichnam im Garten dort beigesetzt
wurde, wo sein Grab dadurch gekennzeichnet
war, was ich irrtümlich für eine Sitzbank gehalten hatte.

Am Nachmittag dieses Tages brachen wir
zur Rückkehr nach Mexiko-Stadt auf, und
während der ganzen Reise konnte ich meine
Gedanken nicht von dem Vorfall abwenden,
der mich so beeindruckt hatte. Als ich in der
Stadt ankam, ließ ich Messen für die Seele jenes „alten Herrn" lesen, dem man ein christli-
ches Begräbnis verweigert hatte, wenn es mir
auch, geschützt von Mangroven und Palmen
in der Nähe des Springbrunnens im „Garten
der Sultanin", poetisch vorkam.

Es vergingen einige Monate. Eines Tages sagte
Antonio zu mir:

„Weißt du, dass ich nach San Javier geschrieben und angeordnet habe, dieses Jahr
Herrera Goya schwarz zu streichen?"

„Mann, mach das nicht! Sei vorsichtig."

„Hallo! Bist du abergläubisch?"

Drei Tage danach war die Gesellschaft in
Mexiko konsterniert, als man erfuhr, dass Re-
bellenhorden zum Plündern in die wichtigste
Hacienda der Familie Hernández Sandoval

eingedrungen waren, ihre Zuckerrohrpflan-
zung in Brand gesteckt und das alte Gebäude
mit Dynamit in die Luft gesprengt hatten.

San Javier war nur noch ein riesiger Schutt-
haufen.

Die Truhe

Für Jesús Reyes Ferreira

Die zitternd flackernden Flammen, die der Kamin hervorbrachte, ließen den Schatten des alten Don Alejandro fantastisch auf den Wänden des Zimmers schwanken. Dieser saß zusammengesunken in einem Sessel neben der breiten Feuerstelle und versuchte, seinen Körper zu wärmen, der nicht so sehr von der Kälte, die damals herrschte, als von den Jahren und Leiden erstarrt war, die auf ihm lasteten. Aber trotz seiner Nähe zum Feuer war ihm kalt.

Wie viele lange Nächte hatte er an derselben Stelle verbracht, den Blick fest auf das rötliche Feuer gerichtet! Manchmal nahmen die brennenden Holzscheite Formen an, die seine Vorstellungskraft in wirkliche Personen und Ereignisse verwandelte, und auf diese Weise machte er diese Feuerstelle zu einer Bühne, auf der oft das trübselige Drama seines Lebens dargestellt wurde.

Der erste Akt, um ihn so zu nennen, war von geringem Interesse. Nach seinen ersten Jahren, die er an der Seite seiner Mutter verbracht hatte, sah er sein Leben in der Schule, ein trauriges Leben ohne Freunde, das seinen Charakter so sehr beeinflusste und ihn menschenscheu und schüchtern sein ließ.

Der zweite Akt begann mit einem entsetzlichen Bild. Auf dem Sterbebett lag seine Mutter, das einzige von ihm geliebte Wesen, und danebenstehend betrachtete sie ein strenger, fast abstoßender Mann: sein Vater.

Es folgten die übrigen Akte des Dramas mit aller Genauigkeit. Don Alejandro durchstreifte die wichtigsten Hauptstädte der Welt auf der Suche nach Zerstreuung, aber sie flohen alle vor ihm, als wäre er ein ekelhaftes Wesen, und damit wurde seine Art immer unfreundlicher. Als er nach Hause zurückkehrte, stellte er fest, dass sein Vater im Sterben lag. Ohne den geringsten Schmerz zu verspüren, sah er, wie die Existenz des Schöpfers seiner Tage erlosch. Der Arzt wies darauf hin, dass es kein Mittel mehr gäbe ... Der Priester kam, aber dem Sterbenden gelang es nur noch, mit großer Mühe die Worte „die Truhe" hervorbringen.

Der Salon, in dem sich Don Alejandro befand, enthielt viele Kunstwerke und antike Gegenstände. Zu ihnen gehörte in einer Ecke des Raumes eine große Eisentruhe, die fast in ihrer Gesamtheit mit Bronzenägeln und -nieten bedeckt war. Dies war ohne jeden Zweifel die Truhe, auf die sich der Sterbende beziehen wollte, aber der Schlüssel konnte nicht aufgefunden werden, und das Geheimnis, wenn es in ihr ein Geheimnis gab, blieb verborgen.

Zum tausendsten Mal richtete Don Alejandro den Blick auf den Winkel des Zimmers und fuhr zusammen, als er sah, dass die Truhe offen stand. Der schwere Deckel lehnte an der Wand und ließ den uralten und komplizierten Mechanismus seines Schlosses sehen.

Lange Zeit verblieb der Greis so, ohne die entsetzten Augen von dieser Stelle wenden zu können. Schließlich verließ er mit äußerster Anstrengung seinen Ehrensessel am Kamin, und begab sich mit einem Gefühl des Schreckens hin zu der Truhe. Zunächst konnte er in ihrem Innern nichts unterscheiden, aber einige Augenblicke später sah er ein gelbliches Rechteck, das auf dem Boden lag. Er kniete sich nieder, und mit zitternder Hand holte er diesen Gegenstand heraus. Es war ein vom Lauf der Zeit beschmutzter Umschlag ohne jede Aufschrift.

Ein plötzlicher und furchtbarer Krach ließ ihn das verängstigte Gesicht wenden, und er sah, dass der Deckel der Truhe an Ort und

Stelle gefallen und sich erneut verschlossen hatte.

Er kehrte an seinen Platz am Kaminfeuer zurück, um den Inhalt des Umschlags zu lesen, aber seine Hände zitterten so sehr, dass er nicht dazu in der Lage war. Nach einigen Augenblicken gelang es ihm, eine relative Ruhe wiederzugewinnen. Er öffnete den Umschlag, und mit panischer Angst in den Augen holte er das Blatt heraus, das er enthielt. Aber es drehte sich ihm alles im Kopf, und er musste sich auf seinen Lehnsessel stützen, um nicht zu Boden zu fallen. Er richtete den Blick erneut fest auf das Feuer im Kamin, und er sah klar und deutlich die Szene des Todes seiner Mutter. Niedergeschmettert blickte sich der Greis verstohlen um, als fürchtete er, beobachtet zu werden, und beschloss, eine Anstrengung zu unternehmen, um das Blatt zu lesen, aber das Papier entglitt ihm aus den zitternden Händen und fiel in die Flammen, die es gierig verzehrten.

Don Alejandro blickte in die Ecke, wo sich die geschlossene Truhe befand, und er rückte noch näher an den Kamin, aber trotz seiner Nähe zum Feuer war ihm kalt.

Tristis imago

Mein Freund und ich sprachen über belanglose und triviale Dinge. Die Sonne, kurz vor dem Untergehen, warf ein warmes und rötliches Licht auf den Boden, und die Schwüle, die durch das offene Fenster eindrang, schien sich über den ganzen Raum zu verteilen. Die kleinen Rauchsäulen unserer Zigarren stiegen auf, um sich in leichten Wolken zu vereinen, die sich in den Kassetten der Täfelung einnisteten, und der Damast, der die Wände bedeckte, nahm eine sattere Farbtönung als gewöhnlich an.

Das Gespräch begann, sich dahinzuschleppen, und es kam der Augenblick, da wir beide schwiegen, als gehorchten wir einem geheimnisvollen Befehl. Ich war ziemlich stolz auf diesen Raum, in dem ich alles zusammengetragen hatte, was ich von größerem Wert besaß oder dem ich das tiefstempfundene Gefühl entgegenbrachte, und es war nicht das erste Mal, dass ich von meinem Sessel aus den Blick über die Möbel und Bilder schweifen ließ, die ihn ausschmückten. Auch Rafael gefiel diese Sammlung, und er lobte sie häufig, sodass es mich nicht überraschte, als ich sah, wie sein Blick über die bunte Sammlung von Gegenständen wanderte. Uns gegenüber, wo wir saßen, hing ein Brustbild meiner Mutter, die nach der Mode des Zweiten Kaiserreichs zurechtgemacht war. Obwohl das Licht in wenigen Augenblicken schwinden würde, trat das Porträt sehr gut hervor, und auf ihrem Gesicht wurde die unaussprechliche Anmut betont, die der Maler getreu wiederzugeben verstanden hatte.

Ich weiß nicht, wie viel Zeit wir schweigsam blieben. Plötzlich verspürte ich so etwas wie einen Schub von Melancholie und wandte den Blick dem Porträt zu. Ich fuhr zusammen, als ich es sah, und bemerkte, dass mein Freund denselben Eindruck hatte. Wir sahen uns beide an, und er stand auf und sagte mit sehr leiser Stimme:

„Sie weint!"

Ich stimmte ihm nickend zu, und mein Gefährte verließ mit kaum hörbaren Schritten den Raum und schloss die Tür vorsichtig hinter sich.

Daraufhin näherte ich mich von Beklemmung ergriffen dem Porträt und sah, wie es sich belebte. Eine Wolke der Trauer verdüsterte das Antlitz meiner Mutter, und die Tränen, die aus ihren Augen hervorquollen, fielen in größerer Fülle herab. Ihre Lippen bewegten sich, und ich hörte noch einmal die Stimme, die vor zwanzig Jahren verstummt war.

„Mein Sohn! Ich habe großes Mitleid mit dir! Der Weg, den du zurücklegen musst, ist rau und schwierig, und schwere Leiden erwarten dich. Deshalb habe ich so großes Mitleid mit dir. Lasse niemals jemanden an deinem Kummer teilhaben, nicht einmal deinen besten Freund; behalte ihn immer für dich. Sei geizig mit deinen Gefühlen; teile sie niemandem mit. Mein Sohn, was für ein großes Mitleid ich mit dir habe!"

Die Schatten der Nacht drangen fast unvermittelt ein und hüllten mich bald in dichte Dunkelheit.

Schließlich machte ich nach einem längeren Zeitraum das Licht an und öffnete die Tür. Rafael befand sich auf der Galerie in einer Fensternische, und als er mich sah, schien er aus einem Traum zu erwachen.

„Rafael...!", rief ich aus; aber er unterbrach mich und sagte:

„Sage mir nichts, nein, nicht einmal mir, der ich dein bester Freund bin."

Und schweigend betraten wir wieder das Zimmer. Bei künstlichem Licht wiesen die

Dinge ihr übliches Aussehen und das Porträt meiner Mutter die unaussprechliche Anmut ihres Antlitzes auf. Darunter lag auf einem Tisch mein letztes Sonett; ich nahm es auf, um es Rafael vorzulesen, und stellte fest, dass es feucht und verschmiert war.

Die Schachspieler

Für Roberto Montenegro

I

Angustias, eine reinrassige Tarasco-Indianerin, war eine Meisterin in der schwierigen Kunst, sich um die Kinder zu kümmern und sie zu unterhalten. Mehrere Jahre lang diente sie in meiner Familie und umsorgte nacheinander uns fünf Brüder, die wir waren.

Wenn unser Haus von einer Krankheit heimgesucht wurde, befand sich Angustias immer am Kopfende des Bettes, und wenn es darum ging, Tränen zu trocknen, welche die Folge eines Kinderstreichs waren, spendete uns ihr zärtliches Wort schnell Trost. Aber die Wissenschaft der gütigen Kinderfrau war offenkundiger, wenn wir uns wohlfühlten. Sie erfand neue Spiele, machte dank ihrer gar nicht klassischen Gesichtszüge wirklich skurrile Grimassen oder erzählte Geschichten, die wir uns nie vorgestellt hätten, und so machte sie uns die Stunden der Abenddämmerung überaus angenehm, und wenn die Stunde kam, verstand sie es, uns sanft in die Welt der Träume zu geleiten. Eine weitere besondere Gabe von Angustias war die prompte Antwort, die sie auf die zahlreichen und komischen Fragen gab, die ihr das junge Gemüse zu stellen pflegte. Die Spontaneität der Antwort und die große Selbstsicherheit, mit der sie gegeben wurde, waren so, dass wir niemals die Lösung in Frage stellten, die sie zu irgendeinem Problem vorbrachte, das sich unseren kindlichen Gehirnen geboten hatte.

Die Erinnerungen an meine Kindheit sind eng mit der Hacienda de San Isidro Labrador verknüpft, wo wir den größten Teil des Jahres verbrachten. Der Gutshof in der Nähe von Mexiko- Stadt war seit den entferntesten Zeiten der Kolonie Eigentum der Gesellschaft Jesu, und als die berühmten Mönche aus Gründen, die Carlos III „in seiner königlichen Brust" zu bewahren für richtig befand, aus den spanischen Gebieten verjagt wurden, hatte ihn einer meiner Vorfahren erworben. Man wird daher verstehen, dass das Haus der Hacienda mehr den Charakter eines Klosters als den eines Landhauses hatte, und mein Vater, der dem Beispiel seiner Vorfahren folgte, wollte, dass es immer die strenge Erscheinung bewahrte, die es von Anfang an hatte. Die Räume, alle gewölbt und von geringer Höhe, die endlosen Kreuzgänge mit Rundbögen, die Mauern, dick wie die einer mittelalterlichen

Burg, und vor allem die von natürlichen Rei-
zen ganz und gar freie Gegend - denn sie wies
als einzige Zierden ausgedehnte Agaven-
pflanzungen und den einen oder anderen Eu-
kalyptusbaum inmitten von Mais- und Gers-
tenfeldern auf - machten aus der Hacienda de
San Isidro Labrador einen Ort, der viele ab-
stieß, aber andere im Gegenteil gerade wegen
seiner Kahlheit und Strenge anzog. Überflüssig scheint es mir zu sagen, dass sie für uns
ein wahrer „Zufluchtsort" war. In jener Zeit
waren noch viele Bräuche des Vizekönig-
reichs erhalten, und mein Vater war für die
Landarbeiter und Dienstboten mehr als der
Herr, dem man Respekt schuldete, das Ober-
haupt einer ausgedehnten Familie.

Die Kapelle war vielleicht der interessan-
teste Raum der Hacienda. Sie war nicht sehr
groß, wies aber ein riesiges Retabel aus ver-
goldetem Holz im Stil des Churriguerismus[2],
eine gefliese Fußleiste und einen Marmor-
fußboden auf, der abwechselnd aus weißen
und schwarzen Platten bestand. Was aber am

---

2 Der **Churriguerismus** ist eine nach dem spanischen Baumeister und
   Bildhauer José Benito de Churriguera und seinen Brüdern benannte
   iberische und iberoamerikanische Spielart des Spätbarocks im Zeitraum von etwa 1690 bis 1750.

meisten meine Aufmerksamkeit weckte, waren die Grabstätten meiner Vorfahren. In beide Seitenwände des Altarraums eingelassen, waren die Nischen jeweils mit Alabasterplatten bedeckt, in die lange Epitaphe eingraviert waren, und mehr als einmal, seit ich zu lesen begann, zerstreute ich mich während der Messe oder des Rosenkranzes damit, dass ich versuchte, die für mich schrägen und unverständlichen Inschriften zu entziffern.

Eines Abends fiel es mir auf dem Weg in mein Schlafzimmer ein, diese Frage zu stellen:

„Angustias, was machen die Toten der Kapelle in der Nacht?"

Ohne zu zögern antwortete die India:

„Sie spielen Schach."

Da ich fast jeden Abend, wenn ich den Segen meines Vaters erbat, ihn in der Bibliothek vorfand, wo er mit Don Pepe Dávalos Schach spielte, dem Bürgermeister des benachbarten Dorfes, überraschte mich die Antwort nicht. Ein Spiel, bei dem sich zwei Herren lange Zeit gegenübersitzen, ohne ein Wort von sich zu geben und ohne die seltsamen Holzfiguren viel zu bewegen, die sie zwischen sich hatten und die sich so gut dazu eigneten, Soldatchen zu spielen, ein solches Spiel, wiederhole ich, schien mir für Tote angebrachter als für Lebende, und Angustias' Antwort war überzeugend.

„Ja", fuhr die Kinderfrau fort. „Jeden Abend, wenn du dich zum Schlafen hinlegst, fangen sie an, Schach zu spielen, bis der Pater kommt, um die Messe zu lesen. Dann kehren sie in ihre Grabstätten zurück, die ihre Betten sind, könnten wir sagen, und sie schlafen während des Tages."

Und nachdem ich die üblichen Gebete für meine Eltern und Geschwister und ein weiteres, das ich im Stillen aufsagte, für mein Pferd „Zuckerwerk" gesprochen hatte, war ich sogleich eingeschlafen.

II

Als ich viele Jahre später, schon verheiratet mit einer Frau aus meiner eigenen Sippe, aus Spanien zurückkehrte, fand ich die Dinge in San Isidro Labrador der Zeit gegenüber sehr verändert vor, als ich weggegangen war. Meine Eltern, zwei Brüder und Angustias waren aus dem Leben verschwunden, und Don Pepe Dávalos, seines Amtes in der Gemeinde enthoben, irrte krank und alt durch Kreuzgänge und sehnte sich nach den Schachpartien mit „Seiner Gnaden

Don Alonso". Ich bemerkte, dass die respekt-
volle Zuneigung vieler Dienstboten dank ge-
wisser liberaler Strömungen nachgelassen
hatte, die aus dem Norden kamen, und ich
verspürte von Anfang an eine ausgeprägte
Abneigung gegen den neuen Verwalter der
Hacienda, der von dem Testamentsvollstre-
cker meines Vaters ernannt worden war. Er
hieß Don Guadalupe Robles, und sein unver-
schämtes Aussehen zeigte klar und deutlich,
dass er einst verwegener Guerillakämpfer und
harter Dorftyrann war.

Ich fürchtete sehr, dass die Hacienda für
meine Frau wenige Reize böte, aber Inés, an
die Kargheiten ihres kastilischen Landhauses
gewöhnt, gefiel San Isidro Labrador sehr gut
und schlug selbst vor, wir sollten uns dort fest
niederlassen.

Nachdem wenige Monate vergangen waren
und sich das Fest des Namensgebers des
Landguts näherte, schlug meine Frau als gute
Madrilenin vor, das Fest mit besonderem
Pomp zu feiern. Sie bereitete also Kleidungs-
stücke vor, um sie an die Armen zu verteilen,
bestellte Blumen für die Ausschmückung des
Hauses und der Kapelle und lud einen gewis-
sen Prälaten, den ich seit meiner Kindheit
„Onkel Bischof" nannte, obwohl uns keinerlei

Verwandtschaft verband, dazu ein, die Ponti-
fikalmesse zu singen.

Ich stimmte freudig zu, ebenso, um Inés
den Gefallen zu tun, wie auch deshalb, weil
ich dann die geeignete Gelegenheit fand, eine
große Anzahl von Gegenständen zur Schau zu
stellen, deren ich mich als begeisterter Samm-
ler von altem Plunder rühmte. Dem nicht zu
verachtenden Schatz an heiligen Ornamenten
und Gefäßen, die meine Vorfahren der Hacienda vermacht hatten, fügte ich eine große
Menge von Gegenständen hinzu, von denen
ich einige in alten Städten des Landes gefunden, andere von der iberischen Halbinsel mitgebracht hatte. Besonders bemerkenswert
war meine reiche Sammlung von bearbeite-
tem Silber. Sie bestand aus mehreren Dut-
zend großen und kleinen Kandelabern, No-
tenständern, ornamentalen Vasen und Blu-
mentöpfen, nicht wenigen Kerzenständern,
einigen Kelchen und Hostiengefäßen und einer Monstranz, die ich gern Juan de Arfe y Vi-
llafañe[3] zuschrieb. Aber was mir am besten
gefiel und was ich meinen Freunden mit
größtem Stolz zeigte, war ein Satz Duftlampen,
die ich in Cintra erworben hatte. Das Werk

---

3 Spanischer Goldschmied (* 1535 in León; † um 1603 in Madrid).

von Portugiesen mitten im 18. Jahrhundert, wird man natürlich verstehen, dass diese Duftgefäße etwas Extravagantes sein mussten. Tatsächlich maßen sie einen halben Meter in der Höhe und wiesen die ungewöhnliche Form von Dichterrössern auf, aber ihre Bearbeitung war so vollkommen, dass sie der besten Sammlung von Kunstgegenständen Ehre gemacht hätten.

Angesichts all dieser Elemente war mir klar, dass das prächtige Retabel, das die Stirnwand der Kapelle einnahm und dessen verschlungenes Gewirr aus gedrehten Pfeilern und Säulen, durchbrochenen Frontons, Konsolen in kapriziösen Formen und Nischen und Baldachinen, die vielfarbigen Skulpturen schützten, die reiche und, wenn man so will, barbarische Ansammlung von Gold und Silber wie eine leuchtende Glut in ihrem Glanz erstrahlen lassen würde, und ich begann mit nicht geringer Begeisterung, Vorbereitungen zu treffen.

Als der Vorabend des Festes herangekommen war, betrat ich die Kapelle, um die notwendigen Vorkehrungen zu treffen, und es überfiel meine Gedanken eine Welt von Erinnerungen. Als ich die düsteren Allegorien und die Inschriften der Grabsteine las, die meine Kinderjahre so sehr beunruhigt hatten, sah ich erneut tausend Vorfälle meiner Kindheit und hörte einmal mehr die Stimme geliebter Menschen, darunter die von Angustias, die mir dogmatisch versicherte, dass meine Toten jede Nacht Schach spielten.

Ich leitete die Anordnung der verschiedenen Schmuckstücke auf dem Altar und im Altarraum, als Don Guadalupe Robles unter dem Vorwand in der Kapelle erschien, mich wegen einer, ich weiß nicht mehr welcher, Angelegenheit der Verwaltung der Hacienda zu befragen, und als er den dort versammelten Schatz sah, spiegelte sich die Habgier in seinem Gesicht wider, und er ließ, während er mit mir sprach, den Blick von einem zum anderen Gegenstand wandern, dessen Existenz er sich nicht einmal vorgestellt hatte. Da war meine Abneigung gegen diesen Mann noch größer, und ich war natürlich so der Überzeugung, dass er versuchen würde, mich zu bestehlen, dass ich den Gedanken in der ganzen Nacht nicht aus meinem Kopf verbannen konnte, und ich verließ das Bett sehr früh, als Herren und Diener noch geräuschlos schliefen.

Mit dem ersten hellen Schein der Morgendämmerung begab ich mich in die Kapelle. Auf den ersten Blick befand sich der größte

Teil der Gegenstände an den Stellen, wo sie am Vorabend angeordnet worden waren, aber man stelle sich meine Verblüffung vor, als ich sah, dass eine große Zahl von Kandelabern, Vasen und sonstigen Gegenständen in der größten Unordnung auf dem Boden zerstreut lagen! Aufrecht standen da, in einer Ecke unter der Kanzel abgestellt, nur vier Gegenstände. Ich näherte mich, und ein Schauder durchlief meinen ganzen Körper. Die Toten hatten eine Partie Schach gespielt! Ja, dort in der Ecke, auf der weißen Steinplatte, befand sich ein großer Kerzenständer. Ihm gegenüber, eine Reihe von Feldern auslassend und ihre jeweiligen Felder einnehmend, standen eine Vase, ein kleiner Kerzenständer und eine der Duftlampen, diese am nächsten an der Wand. Ja, diese drei Figuren - der Läufer, der Bauer und der Springer - hatten den großen Kerzenständer, nämlich den König, Schach mattgesetzt!

Nach einiger Zeit konnte ich mich beherrschen, und mit zittriger Hand brachte ich die verschiedenen Gegenstände wieder dort unter, wohin sie gehörten, damit niemand außer mir den Vorfall gewahren würde.

Das Fest wurde gefeiert, wie es sich gehörte, und sowohl der Bischof als auch die Freunde, die unserer Einladung gefolgt waren, ließen sich über die Schönheit und den Reichtum meiner Sammlung aus. Ich aber schenkte diesen Lobsprüchen wenig Beachtung, denn meine Gedanken waren von dem Rätsel und dem Verdacht völlig in Anspruch genommen, den ich gegen Don Guadalupe Robles hegte. Dieser nahm noch zu, als ich ihn in der Abenddämmerung im Halbschatten des Ganges überraschte, wo er mit leiser Stimme mit Joaquín sprach, seinem Steigbügelhalter und Mann seines vollsten Vertrauens. Ich tat so, als hätte ich sie nicht gesehen, und ging weiter, ohne stehen zu bleiben, beschloss aber, die Gegenstände meiner Sammlung einzupacken und baldmöglichst nach Mexiko-Stadt zu schicken, während ich nach einer Möglichkeit suchte, mich des Verwalters zu entledigen.

Ich weiß nicht, wie lange, nachdem es mir gelungen war, Schlaf zu finden, ein solcher Schreckensschrei die Stille jener Nacht zerriss, dass er weiterhin in meinen Ohren dröhnt und dröhnen wird, solange ich lebe. Meine Frau hörte ihn und wurde erschrocken wach; die Dienstboten hörten ihn alle, und in wenigen Augenblicken waren die Kreuzgänge mit

Schatten bevölkert, die mit angsterfüllten Stimmen fragten, was geschah.

Ich nahm eine Laterne, und gefolgt von den am ehesten Entschlossenen wandte ich meine ängstlichen Schritte zu dem Ort, wo der Schrei herzukommen schien. Die Tür zur Sakristei stand offen, und ich verstand, dass sich mein Verdacht bestätigte hatte. Wir traten ein. Weder in der Sakristei noch in der Kapelle gab es mehr Licht als die schwache Helligkeit, die durch die Kuppel und Fenster eindrang, und anfänglich konnten wir nichts unterscheiden, aber allmählich ließ uns das flackernde Licht der Laterne erkennen, dass sich alle Gegenstände aus Silber, absolut alle unter der Kanzel aufgehäuft befanden und in der Ecke Don Guadalupe Robles einkreisten, gefangen hielten, der, den Körper nach hinten geworfen, als wolle er zurückweichen, beide Arme gegen die Wände dieser Ecke der Kapelle ausstreckte. Die Augen traten ihm aus ihren Höhlen, und sein ganzes Aussehen war ein Abbild des Schreckens. Ich rief ihn bei seinem Namen, er sah mich fest an, und seine Antwort war ein schallendes Gelächter.

Der Hut des Königs von Tibotú
Eine Geschichte für Kinder

Für Julio Torr

Der König von Tibotú hatte (natürlich) drei Söhne. Der älteste hieß Chapachapa, der zweite Chopochopo und der jüngste Chipichipi. Der König war sehr reich: Er besaß siebzehn Sonnenschirme in allen Farben, einen Lendenschurz, grün und gelb, sehr anmutig, und einen hohen Hut, so hoch, dass er an das Monumentale grenzte. Die Königin, Sabihonda, trug blaue Strümpfe und war polyglott: Wenn ihr etwas sehr gut gefiel, sprach sie chinesisch, wenn sie sich ärgerte, schrie sie katalanisch.

Das Königreich bestand nicht nur aus der dicht bevölkerten Stadt Tibotú, sondern auch aus zwei Inseln. Auf einer wurde eine große Menge Kaffee geerntet und gab es viele Milchkühe, auf der anderen wurde der Kakao erzeugt, und es gab viele gute Bäcker und Konditoren. Die Inseln waren gemeinhin als „Die Milchkaffee-Insel" und „Die Schokolade-mit-Milchbrötchen-Insel" bekannt.

Die königliche Familie lebte viele Jahre lang glücklich, aber eines Tages aß der König zum Abendessen ein ganzes gegrilltes Spanferkel und starb nach wenigen Stunden umgeben von seiner Frau und seinen Söhnen.

Nachdem die neun Minuten und neun Sekunden abgelaufen waren, die entsprechend dem Zeremoniell jenes Hofes abgewartet werden müssen, bevor man das Testament des verstorbenen Monarchen eröffnet, wurde festgestellt, dass der letzte Wille des Autokraten war, dass seine dicht bevölkerte Stadt Tibotú auf seine geliebte Ehefrau und die Inseln „Milchkaffee" und „Schokolade-mit-Milchbrötchen" auf seine beiden Söhne Chapachapa beziehungsweise Chopochopo übergehen sollten. Was Chipichipi betrifft, so hinterließ ihm sein Vater den Zylinderhut.

Man stelle sich den Jubel der Ehefrau und der beiden älteren Söhne und den Ärger des Benjamins des Hauses vor. Was sollte er mit einem alten, schmutzigen und so wenig künstlerisch geformten Hut?

Das Gemüt des Prinzen packte ein solcher Zorn, dass er das gering geschätzte Stück auf den Boden warf und ihm einen starken Fußtritt versetzte. Aber als er dies tat, verspürte er einen heftigen Schmerz im Fuß, als ob dieser auf einen Stein getroffen wäre. Mit noch größerem Zorn nahm er den Hut und begann, ihn mit großer Wut in Stücke zu reißen, aber da geschah es, dass er zwischen dem Futter und dem Kopf des Hutes etwas Hartes fand, tatsächlich einen Stein, größer als ein Hühnerei, wenn auch nicht ganz so groß wie das eines Straußes. Er war rot wie das Blut einer jungen Taube und glänzte in der Sonne auf eine erstaunliche Weise. Es war nichts weniger als ein Rubin.

Man muss die Sensation nicht erwähnen, die dieser Fund in der ganzen Welt hervorrief. Es genügt zu sagen, dass alle gekrönten Häupter und viele, die es nicht waren, um den Besitz eines so prachtvollen Juwels stritten. Am meisten daran interessiert, es sich zu beschaffen, waren der Präsident der Englischen Republik, der Großfürst von Texcoco und Mr. Elihu P. Goggles aus Paradise, Texas. Es erscheint uns überflüssig zu sagen, dass dieser letztgenannte und berühmte Millionär es war, der den Edelstein erwarb und dafür siebzehn Millionen Dollar in Gold sowie siebzehn in Form von „Liberty Bonds" der siebten Emission bezahlte, und er hieß von da an „The Ruby King", das heißt, „Der Rubinkönig"

Natürlich investierte Chipichipi sein Geld gut und machte sich ein großartiges Leben. Er kaufte ein Automobil der Marke „Ford", einen

Polizeihund und ein Wörterbuch der Akademie. Seine Brüder dagegen ruinierten sich: Der Kaffee erschöpfte sich, und die Milchkühe starben; der Preis des Kakaos sank, und die Bäcker und Konditoren erklärten einen Dauerstreik.

Und immer, wenn von dem Zylinderhut ihres verstorbenen Ehemannes die Rede war, rief die Königin Sabihonda auf Portugiesisch aus:

„In allen Dingen, wie verächtlich sie auch mögen, gibt es etwas von Wert für den, der es zu finden weiß."

Der Beruf des Reporters

Ich verstehe, dass Sie, die Reporter, Verpflichtungen gegenüber ihren Lesern haben und dass Sie deshalb immer auf der Jagd nach Neuigkeiten sind, aber da ich ein Feind von Wiederholungen bin, möchte ich, dass die Zeitung, die Sie repräsentieren, mein einziges Sprachrohr in dieser Angelegenheit ist, da es sich um die mit der größten Bedeutung im Land handelt. Innerhalb von zehn Minuten wird meine Frau kommen, und ich ersuche Sie daher, in der Zwischenzeit aufmerksam zuzuhören und aufzuschreiben, was ich Ihnen diktiere. Ich werde Ihnen sämtliche Einzelheiten des Falles liefern, der, wie Sie sehen werden, eine ganz einfache Sache ist.

Ich will damit beginnen, Ihnen zu sagen, dass ich sehr wenige Jahre alt war, als mein Vater starb und mir ein namhaftes Vermögen hinterließ. Aber da das Nichtstun niemals in meine Überlegungen Eingang gefunden hat, beschloss ich, eine Laufbahn einzuschlagen, und ich wähle die Laufbahn eines Arztes und Chirurgen. Unter uns will ich Ihnen hier gestehen, dass ich die Medizin als einen Dreck angesehen habe, aber die Chirurgie ..., ah!, das ist etwas anderes. Mit der Chirurgie kann man radikal sämtliche Leiden der Menschheit kurieren, und der Tag ist nicht fern, an dem selbst der Tod mit ihrer Hilfe vermieden werden kann.

Meine Professoren waren erstaunt über die außergewöhnliche Geschicklichkeit, die ich von Anfang an bewies: Das Skalpell war in meinen Händen wie der Pinsel in denen eines Künstlers. Jeder meiner Schnitte war ein Wunder an Präzision und Kunst, ja, mein Herr, Kunst. Ich gewann die ersten Auszeichnungen an der Akademie, und als man mir den Titel eines Chirurgen verlieh, wurde festgehalten, dass niemals zuvor so hohe Noten erreicht worden wären. Die erste Operation von Bedeutung, die ich ausführte, nachdem ich die Approbation erlangt hatte, war die Amputation der beiden Hände des berühmten Pianisten Gerolstein. Natürlich war es absolut unnötig, dass der genannte Herr seine beiden Hände verlieren sollte, aber da mir seine Art und Weise überhaupt nicht gefiel, wie er Beethoven interpretierte, beschloss ich, das Übel mit der Wurzel auszurotten, und verzeihen Sie mir diese leichte Plaisanterie.

Um diese Zeit lernte ich Matilde kennen. Ich erinnere mich nicht, ob dies auf einem

Ball im Palast der Prinzessin Dorodinski oder ob es auf den Pferderennen war. Aber es ist mir dagegen sehr gegenwärtig, dass ich schon im ersten Moment, als ich sie sah, verstand, dass sie die schönste Frau war, die es auf der Welt gab, und dass sie daher meine Ehefrau werden musste. Ich war damals übermäßig romantisch. Es wird Sie nicht sonderlich beeindrucken zu hören, dass mein ganzes Liebeswerben im Mondschein erfolgte. Das Orchester des Konservatoriums spielte jeden Abend ausgewählte Musik unter ihrem Fenster, und ich ging sogar so weit, einen Dichter von Ruf zu bezahlen, damit er für sie Madrigale schrieb, die ich unterzeichnete.

Um diese Geschichte nicht in die Länge zu ziehen, werde ich Ihnen sagen, dass, während die Vorbereitungen für unsere Hochzeit getroffen wurden, Matilde nichts anderes tat als weinen, weinen ... Sie weinte aus Liebe zu mir, wie mir ihre Mutter versicherte ... Matilde, habe ich gesagt, ist die schönste Frau der Welt und wird es immer sein. Aber, mein Freund, es gibt kein vollkommenes Glück, wie das Sprichwort richtig sagt. Kurze Zeit nach unserer Heirat begann ein schrecklicher Verdacht, mich zu quälen. Matilde war von Anfang an eine musterhafte Frau, aber die leidenschaftlichen Küsse, die ich ihr gab, wurden nie erwidert. Niemals richtete sie ihren Blick mit Zärtlichkeit auf mich, und alle kleinen Opfer, die ich für sie erbrachte, wurden nicht einmal bemerkt, viel weniger noch wurden sie mir gedankt ... Schließlich kam der bittere Tag, an dem der Verdacht zur Gewissheit wurde. Als ich unter dem Vorwand, mich müde zu fühlen, meinen Kopf auf ihre Brust legte, machte ich die schreckliche Entdeckung, dass Matilde, die schönste Frau der Welt, kein Herz hatte. Lange Zeit blieb ich ratlos, aber plötzlich erhellte ein Lichtstrahl meinen Geist.

Fast jeden Tag besuchte ich den Seziersaal der Akademie und wohnte den Vorlesungen bei. Ich erinnerte mich, dass man am Morgen dieses Tages auf der Straße den Leichnam einer jungen Frau aus dem niederen Volk aufgelesen hatte, die von einer Straßenbahn überfahren worden war. Sie würde wohl mehr oder weniger dasselbe Alter wie Matilde gehabt haben.

Es war zehn Uhr abends, als ich mich bei dem Pförtner der Akademie einstellte und ihn um die Schlüssel des Seziersaals bat, um ein paar Instrumente zu holen, die ich dort ver-

gessen hätte. Der Pförtner händigte sie mir sogleich aus und bot sich sogar an, mich zu begleiten, aber ich entband ihn von dieser Be-
lästigung und begab mich allein in den Saal.
Eine Viertelstunde später kam ich wieder heraus und hielt in der Hand ein Kästchen, das
ich dem Pförtner zeigte, damit er sehen
konnte, dass es tatsächlich mein Eigentum
war, und tief in der Tasche meines Mantels
hatte ich ein ganz kleines, in Gaze eingehüll-
tes Bündel. Das sah der gute Mann natürlich
nicht.

Matilde lag schon in ihrem Bett, als ich
ging, um ihr gute Nacht zu sagen. Ich bemerkte, dass sie ein wenig zitterte, als sie mich
ihr Schlafzimmer betreten sah, aber ich beru-
higte sie mit einem Lächeln und näherte
mich, um ihre keusche Stirn zu küssen. Alles
hatte ich geschickt vorbereitet, und es war die
Frage einer halben Sekunde, ihr das Chloro-
form zu verabreichen und sie einschlafen zu
lassen. Sobald dies erreicht war, konnte ich
meine Aufgabe in aller ,Ruhe erledigen. Tatsächlich war die Operation ganz einfach: Sie
beschränkte sich darauf, ihre die Brust zu öffnen und das Herz der jungen Frau an der entsprechenden Stelle einzusetzen. Und hier

muss ich eine außergewöhnliche Sache fest-
halten. Kaum hatte ich die Operation begon-
nen, da erschienen auf den Laken zwei oder
drei rote Rosen, die sich vermehrten, bis sie
fast das ganze Bett bedeckten.

Wenn ich auch den Erfolg der Operation
vorhergesehen hatte, war es doch nicht so,
dass er mir keine Genugtuung verschafft
hätte. Im Gegenteil, mit der größten Freude
der Welt setzte ich mich an die Seite meiner
Frau und wartete darauf, dass sie aus ihrem
Schlaf erwachte. Ihr neues Herz schlug so re-
gelmäßig, dass jeder geglaubt hätte, es wäre
das Ticktack der Uhr, die auf dem Nachttisch
stand ... Bis lange nach dem Morgengrauen
blieb ich dort und bewunderte die außeror-
dentliche Schönheit meiner Frau, die sich
prächtig auf ihrem Bett aus roten Rosen her-
vorhob.

Ich weiß nicht, wie viel Uhr es war, als das
Dienstmädchen das Schlafzimmer betrat. Da
es eine sehr aufgeweckte Frau ist, verstand sie
das Wunder sofort und verließ das Zimmer,
indem sie Schreie der Bewunderung ausstieß.
Einige Augenblicke danach kamen die Geschwister Matildes und viele andere Leute.
Was ich auch tat, um ihnen verständlich zu

machen, dass die Operation, die ich ausgeführt hatte, in Wirklichkeit sehr einfach war, sie bestanden hartnäckig darauf, mich fast mit Gewalt in diesen Palast zu bringen, in dem die hervorragendsten Männer der Erde ihren Wohnsitz haben ... Wahrhaftig, sehen Sie: Jener Herr mit dem hohen Hut und der gelben Krawatte ist der Große Khan von China; der andere, der da mit den Händen auf dem Rücken spaziert, ist López, der berühmte Ingenieur López, dem es gelungen ist, die Brücke zwischen der Erde und der Sonne zu bauen, ein Bauwerk, das lange Zeit für undurchführbar gehalten wurde. Derjenige, der die Zeitung liest und die kaputten Schuhe hat, ist der Kaiser und Autokrat sämtlicher Amerikas, und der Greis an seiner Seite, der sich den Bart streicht ..., das ist... Ah! Ich wage es nicht, Ihnen zu sagen, wer das ist. Aber er hat mir versprochen, dass, sobald meine Frau kommt und sich mir in die Arme wirft, ein großartiges Getöse die Wolken aufreißen wird und dann eine Schar geflügelter Serafim herabkommt, um uns, Matilde und mich, ins Paradies zu führen.

Bruder Baltasar

Für Margarita de la Peña

Bruder Baltasar stand fassungslos vor seinem Schreibpult im Scriptorium des Klosters. Stunde um Stunde hatte er auf dem ausgebreiteten Stück Pergament, das er vor sich hatte, jene Illuminationen wiedergeben wollen, die seine Breviarien und Missale schmückten und die ihm künstlerischen Ruhm eingebracht hatten. Es war nicht einmal ein Jahr her, seit er das Stundenbuch für die Königin von Frankreich fertiggestellt hatte, das den Hof dort in Erstaunen versetzte, und jetzt konnte er selbst das unbedeutendste Blümchen nicht mehr zeichnen! Er, dem es gelungen war, in das Initial des Stabat mater das Antlitz der Gottesmutter mit so viel Geschicklichkeit und Kunstfertigkeit zu malen, dass man die Tränen über die Wangen der Schmerzensmutter fließen sah! Er, der die Verse des Magnificat mit Blattwerk und Voluten gesäumt hatte, die unvorstellbar winzig waren!

Tausendundein Mal versuchte er es erneut, aber er konnte nichts erreichen. Mit einem tiefen Seufzer machte er sich daran, seine Federkiele, Farben und Pinsel wegzuräumen, und in diesem Augenblick hörte er die Glocke, die zu der Frühmette rief.

„Sechs Stunden, ohne etwas erreicht zu haben", dachte er. „Gott möge mir diesen Zeitverlust verzeihen."

Er begab sich langsam zur Empore und dachte unaufhörlich an seine verlorene Fähigkeit. Die Brüder stimmten die sanften rituellen Lobgesänge an. Wolken von Weihrauch verteilten sich in den Schiffen des Gotteshauses, aber obwohl Bruder Baltasar seine Aufmerksamkeit auf den Gottesdienst konzentrieren wollte, schweiften seine Gedanken ab, und er verspürte eine starke Beklemmung, wenn er daran dachte, dass seine Kunst, welche die Welt in Erstaunen versetzte, vielleicht für immer geschwunden war.

Der Gottesdienst war zu Ende, und langsam und schweigend verließen die Brüder die Empore und durchquerten wie Schatten die uralten Kreuzgänge, um sich in ihre Zellen zu begeben und einige kurze Augenblicke zu ruhen. Mit gesenktem Kopf betrat Bruder Baltasar sein Refugium und legte sich auf die harte Bohle, die ihm als Bett diente. Die Müdigkeit und die Traurigkeit lasteten auf seinen Lidern, und der Schlaf verschaffte ihm eine vorübergehende Erleichterung.

Aber bald schon erwachte er mit einem Erschaudern und glaubte, eine Stimme zu hören, die sagte:

„Gelobt seist du, Herr, für unseren Bruder, den Mond, und die Sterne, die du am Himmel klar, schön und kostbar geformt hast!"

Der Bruder erhob sich von seinem harten Lager und kniete sich nieder zum Gebet, bis er durch das Fenster seiner armseligen Zelle sah, dass der Mond und die Sterne verblassten.

Am folgenden Tag erledigte er seine Pflichten mit größter Sorgfalt, aber Bruder Gilberto, der Novize, bemerkte die Traurigkeit in seinem Gesicht, und der Prior sah ihn im Refektorium oft an.

Als er sich schließlich in der Einsamkeit des Scriptoriums befand, nahm er die Pinsel mit zitternder Hand und wollte auf dem ausgebreiteten Stück Pergament noch einmal die Illuminationen des Messbuchs des Klosters und des Stundenbuchs der Königin von Frankreich reproduzieren, aber es gelang ihm nichts. Seine Zeichnungen sahen wie die Zeichnungen eines Kindes aus.

Er ließ die Pinsel fallen, lehnte seinen mit der Tonsur versehenen Kopf auf die Arme und begann, bitterlich zu weinen. Seine Tränen fielen auf das Pergament, besudelten es auf bedauernswerte Weise und machten noch mehr Kleckse auf seine missratenen Zeichnungen.

Wie viele Tage verbrachte Bruder Baltasar in diesem bitteren Gemütszustand! Die alltäglichen Aufgaben des Klosterlebens konnten ihn seinen Kummer nicht vergessen lassen: weder die Verse der Psalmen noch die Gebete des Gottesdienstes. Eines Tages begab er sich auf eine Wiese in der Nähe des Klosters, auf der eine große Anzahl von Blumen verschiedener Arten wuchsen, und vielleicht erinnerten sie ihn an diejenigen, die er so viele Male idealisiert in Brevarien und Missalen gezeichnet hatte, denn neue Tränen des Schmerzes trübten seine Augen. Lange Zeit blieb Bruder Baltasar seinem tiefen Kummer hingegeben und vergaß vollständig die mönchischen Regeln, als plötzliche eine sanfte Klarheit seinen Geist zu erhellen schien, und sich auf die Knie werfend rief er aus:

„Oh, elendes Zwergengeschlecht der Sterblichen! Hast du nicht begriffen, Sünder Baltasar, dass Gott dich nur deswegen deiner Kunst beraubt hat, weil du dich erdreistest hast, dein

Werk zu bewundern und stolz darauf zu sein?
Oh, Eitelkeit der Eitelkeiten!"

Nachdem er die Buße getan hatte, die ihm
der Prior wegen des Verstoßes gegen die Regel
auferlegt hatte, begab er sich in seine Zelle,
um ein wenig zu ruhen. Nach kurzer Zeit läu-
tete es zu der Frühmette, und der Bruder
wollte sich von seinem harten Lager erheben,
aber sein Blick trübte sich, und er spürte, dass
er in Ohnmacht fiel... Und langsam erlosch
sein Leben ...

Während die Brüder den Leichnam
Baltasars in der Krypta des Klosters beisetzten,
begab sich der Prior in das Scriptorium, um
das Werk des Illuminators zu holen, das er für
unvollendet hielt. Aber er fand das Blatt Pergament von erlesener und feiner Arbeit gesäumt vor, ohne jeden Zweifel der wunder-
schönsten, welche die Pinsel Bruder Baltasars
jemals gezeichnet hatten.

Der Papagei des Huitzilopochtli

Für Mariano Silva

Als mich der Herzog von Ayamonte zum Bibliothekar und Archivar seines erlauchten Hauses ernannte, glaubte ich, dass mein Leben im Untergeschoss seines Palastes in Madrid ruhig dahinfließen würde, und ich sah sogar in der Ferne die Veröffentlichung verschiedener Arbeiten historischer Art, die ich seit vielen Jahren mit mir herumtrug, die dennoch aber unveröffentlicht waren und zu ihrem größten Teil noch in meinem Tintenfass ruhten. Ganz im Gegenteil zu meinen Erwartungen erwies sich der Magnat jedoch als ein unermüdlicher Forscher, und während er lange Stunden damit verbrachte, die Archive von Madrid zu durchforsten, schickte er mich oft auf die Suche nach Dokumenten in die Provinz.

So kam es, dass ich im vergangenen Sommer mit meinen müden Knochen in die historische und heute tote Stadt Alcalá del Río gelangte, anstatt an die Küste zu fahren, um den Sommer dort zu verbringen, wie ich es gewünscht hatte. Ich stand kurz davor, mich zu verehelichen, und obwohl das Gehalt, in dessen Genuss ich kam, nicht knapp bemessen war, ließ ich kein Mittel aus, um Einsparungen zu machen. Daher wollte ich nicht im ersten Hotel am Platze absteigen, das teuer, obwohl schlecht war, sondern ich suchte mir eine bescheidenere Unterkunft. Nachdem ich mehrere Gasthöfe abgeklappert hatte, beschloss ich, das Zimmer zu nehmen, das mir eine gewisse Witwe in ihrem Haus anbot, und zwar zu einer sehr niedrigen Miete. Es war ohne jeden Zweifel ein äußerst bescheidenes Zimmer, aber blitzsauber, und was mich am meisten anzog, war das heitere Erscheinungsbild seines Balkons. Angesichts meiner Unkenntnis der Botanik kann ich nicht mit Genauigkeit sagen, welche Pflanzen es waren, die ihn so überreichlich schmückten, aber mir scheint, dass diejenigen, die in dem alten Petroleumkanister wuchsen, Azaleen waren, und ich bin sicher, dass es Hortensien in einem Fässchen, Geranien in mehreren irdenen Töpfen mit schartigen Rändern und Vergissmeinnicht in einer Sardinendose gab. Vom Inneren des Zimmers aus war nur die Mauer des Turms der Kathedrale zu sehen, denn die Straße, die dazwischen lag, war äußerst schmal, aber als ich mich hinaus auf den Balkon begab, erlebte ich eine angenehme Überraschung, da ich feststellte, dass es vor dem berühmten Gotteshaus einen kleinen Platz mit Bäumen gab, und da dies der höchste Teil der Stadt war, beherrschte der Blick die ausgedehnten und malerischen Auen der Umgebung.

Ich habe nie so gut geschlafen wie in der ersten Nacht, die ich in diesem bescheidenen Schlafzimmer verbrachte. Obwohl ich das Fenster offen gelassen hatte, denn die Temperatur ließ dies zu, hatte ich unter keinem störenden Lärm irgendeiner Art zu leiden. Im Gegenteil, ich glaube, dass das ständige und klangvolle Läuten der Glocken mich in den Schlaf wiegte. Ich erwachte früh, wie dies mein Brauch ist, und von dem Bett aus begann ich erneut, die angenehme Erscheinung meines Balkons zu bewundern: Die Hortensien mit ihren blauen und rosa Kugeln, die Azaleen und Geranien mit ihren verschiedenen Tönungen von Rot und Weiß, aber was war diese wunderschöne Blume in der Mitte von allen, die mir am Vorabend nicht aufgefallen war?

Ich sprang aus dem Bett und sah zu meiner Überraschung, dass es keine Blume war, sondern ein Vogel, der sich auf das Geländer des Balkons gesetzt hatte. Ich näherte mich ihm mit größter Vorsicht aus Furcht, ihn zu verjagen. Zunächst hielt ich ihn für einen Papageien, erkannte dann aber sogleich, dass er von größerer Gestalt war. Ich werde nicht versuchen, sein wundervolles Gefieder zu beschrieben, denn ich wäre nicht dazu in der Lage. Ich will nur sagen, dass er mir den Eindruck eines immensen Schmuckstücks machte, das in den lebhaftesten Farben bemalt war, die man sich vorstellen kann: grün, blau, rot, gelb.

Ich weiß nicht, wie lange ich überrascht dort stand. Ich weiß nur, dass ich plötzlich ein seltsames Gefühl verspürte, eine übertriebene Gier danach, einen solchen Vogel zu besitzen. Ich fühlte das, was der Dieb fühlen muss, wenn er sich anschickt, sich etwas anzueignen, das ihm nicht gehört, und ich war mir in diesen Augenblicken voll und ganz dessen bewusst, dass ich jedes Verbrechen begehen würde, um diesen Vogel mit dem reichen Gefieder in meinen Besitz zu bringen. Während einer langen Zeit blieb ich unbeweglich und dachte über die beste Möglichkeit nach, meine Absicht in die Tat umzusetzen. Der Vogel bewegte die Flügel leicht, die wie Smaragdfächer fantastisch glänzten, und in der

Gewissheit, dass ich ihn lebendig nicht ergreifen könnte, beschloss ich, ihn zu töten. Mit der größten Vorsicht nahm ich einen dicken Stock, der mich auf meinen Reisen zu begleiten pflegte, hielt den Atem an, trat einige Schritte vor und versetzte ihm einen fürchterlichen Schlag auf den linken Flügel, der dumpf und Mitleid erregend gegen das Eisengeländer knallte. Der Vogel fiel auf die Straße, und ich wagte es zunächst nicht, mich hinauszulehnen, weil ich fürchtete, irgendein Passant könnte Zeuge meiner schändlichen Tat sein. Ein Schauder durchlief meinen Körper; ich fühlte mich schuldig und beschämt, wie sich der alte Seemann in dem Gedicht fühlen musste, als er den Albatros mit seiner Armbrust tötete[4].

Schließlich lehnte ich mich vor. Weder lag der Vogel auf der fast verlassenen Straße, noch bemerkte ich Blutspuren auf dem Geländer des Fensters. Es fehlte nicht viel, und ich hätte dies alles für eine Halluzination gehalten, und war durcheinander. Wäre dies ein Vorspiel der Verrücktheit?

---

4   In **The Rime of the Ancient Mariner** (Die Ballade vom alten Seemann) einer Ballade, die 1798 vom britischen Dichter Samuel Taylor Coleridge verfasst wurde.

Ich konnte im Archiv der Protokolle von Alcalá del Río die Dokumente nicht finden, die der Herzog von Ayamonte benötigte, und der Leiter dieser Dienststelle wies mich darauf hin, dass sie vielleicht in dem der Kathedrale aufbewahrt würden. Versehen mit einem Empfehlungsschreiben für den Dechanten mache ich mich auf den Weg zu dem berühmten Gebäude, und von dem Augenblick an, da ich es betrat, vergaß ich die Aufgabe vollständig, die mich hergebracht hatte. Vom Altarraum zur Kanzel und von Apsis zu Apsis wandelte ich durch das Gotteshaus und bewunderte die zahlreichen Schönheiten, die es enthält. Wie dies immer an historischen Stätten geschieht, boten sich mehrere Führer an, mich zu begleiten, aber ich wies sie alle ab, da ich den Wunsch hatte, ein solches Kunstwerk allein zu genießen.

Plötzlich hörte ich einen Ausruf der Überraschung, und als ich das Gesicht wandte, fand ich mich Auge in Auge mit Pater Montero wieder, meinem alten Mitschüler, den ich seit fünf Jahren nicht gesehen hatte. Er übte das Amt des leitenden Sakristans aus und trug einen Bund riesiger Schlüssel bei sich, denn es war die Zeit, zu der das Gotteshaus verschlossen wurde, um es dann um drei Uhr nachmittags wieder zu öffnen. Es scheint mir überflüssig zu sein, die Freude zu schildern, die es mir machte, einen so guten Freund von mir wiederzusehen. Er lud mich zum Essen ein und versprach, mir danach selbst die tausend Wunder zu zeigen, über die dieses Domkapitel verfügte und die nur in seltenen Fällen der Öffentlichkeit gezeigt werden. Es schlug drei, als Pater Montero und ich begannen, den Kapitelsaal, die Haupt- und die Nebensakristei, die Schlüsselmeisterei, die Nische Unserer Lieben Frau von den Rosen, den Umkleideraum und die sonstigen Nebenräume zu besichtigen. Die zahlreichen Schönheiten, die er mir zeigte, auch nur aufzuzählen, würde einen Band füllen, und als ich glaubte, dass meine Besichtigung zu Ende wäre, verkündete er mir mit einer gewissen Zufriedenheit: „Du hast das Wichtigste noch nicht gesehen: den Schatz."

Vor einer Eichentür mit Eisennägeln, von der ich anfangs dachte, sie würde Zugang zu der Treppe zum Turm gewähren, erwartete uns ein Domherr, der sein Brevier betete. Nach den entsprechenden Vorstellungen öffnete der Schatzmeister die schwere Holztür, und es erschien eine andere, moderne, ähnlich der eines Tresors. Er öffnete sie ebenfalls und anschließend ein starkes Gitter, das auch noch den Zugang verwehrte. Aber nicht einmal diese Sicherheitsvorkehrungen ließen den Reichtum vermuten, der an diesem Ort aufbewahrt wurde. Mehr als eine Stunde blieben wir dort und bewunderten Monstranzen, Kelche, Notenständer, Statuen und jede Art von Juwelen, deren Bedeutung durch die gelehrten Ausführungen des Domherrn noch besonders unterstrichen wurden. Plötzlich entfuhr mir ein Schrei der Überraschung. Dort, vor meinen Augen befand sich in einer Vitrine eingeschlossen und auf einem goldenen Sockel ruhend ein Vogel, der meinem Besucher von diesem Morgen glich! Er war überhäuft mit Smaragden, Rubinen, Diamanten, kurz und gut, mit dem Reichsten an Edelsteinen, das man sich vorstellen kann, und all dies mit einer solchen Kunstfertigkeit verarbeitet, dass er auf den ersten Blick lebendig zu sein schien.

„Ich verstehe Ihre Gefühlsregung", sagte der Domherr. „Dieses Schmuckstück ist als eines der bemerkenswertesten berühmt, die man kennt. Wenn ich Ihnen sage, dass das British Museum Millionen - so wie es sich anhört, Millionen - dafür geboten hat, werden Ihnen seine große künstlerische Bedeutung und sein innerer Wert bewusst werden. Aber das Domkapitel würde eher alles veräußern, was wir gesehen haben, als dieses unvergleichliche Schmuckstück herzugeben. Es war zu seiner Zeit die größte Zierde des Haupttempels der Azteken. Einer der Konquistadoren hat es gerade dem Altar des berühmten Huitzilopochtli entrissen und es Karl dem Fünften gebracht, der es dieser Heiligen Kirche gespendet hat."

Als er sah, dass ich immer noch sprachlos war, wollte er meine Bewunderung noch steigern und öffnete die Vitrine, damit ich dieses Wunderwerk der Goldschmiedekunst in aller Ruhe untersuchen könnte. Er nahm das Schmuckstück in die Hände, und als er es näher ans Licht brachte, um es mir besser zu zeigen, stieß er einen Schreckensschrei aus.

„Gott steh mir bei! Was ist das?"

Der Papagei hatte den linken Flügel auf erbärmliche Weise malträtiert, als ob er mit einem Hammer geschlagen worden wäre. Stellen Sie sich die Bestürzung des Domherrn und des leitenden Sakristans vor. Was mich betrifft, so fühlte ich mich, als hätte ich dieses Attentat begangen, und fürchtete, dass mein Gesicht dies preisgeben würde. Aber meine Begleiter waren zu sehr damit beschäftigt, die

Beschädigung zu untersuchen, als sich mit meiner Person zu befassen.

„Wie konnte das geschehen? Wer konnte bis hierher gelangen und ein so verwegenes Sakrileg begehen?"

Der Schatzmeister befahl Pater Montero, den Dechanten zu benachrichtigen, und die Neuigkeit verbreitete sich schnell, denn nach wenigen Augenblicken kamen mehrere Domherren und Stipendiaten herbei, die vermeldeten, dass Seine Eminenz persönlich mit seinen eigenen Augen das unerklärliche und verwegene Attentat überprüfen wollte.

* * *

Während die entsprechenden Schritte unternommen wurden, um den Urheber des Verbrechens zu entdecken, ordnete der Kardinal Erzbischof von Alcalá del Río an, das malträtierte Schmuckstück in einem Safe aufzubewahren, den es in der Schatzkammer gab, und bis zu einer anderslautenden Anordnung die Besuche des Publikums auszusetzen.

Von Scham und Furcht niedergedrückt verabschiedete ich mich von Pater Montero, und während ich überhaupt nicht mehr an die Suche nach Dokumenten dachte, die mich zur

Kathedrale geführt hatte, richtete ich meine Schritte langsam zu meiner Unterkunft.

Ich verzichte darauf, meinen Gemütszustand während des Restes dieses Tages zu beschreiben. Ich wollte meine ständige Besorgnis durch die Lektüre vertreiben, aber wie es der Zufall wollte, war das einzige Werk, das ich mitgebracht hatte, die Geschichte des Bernal Díaz del Castillo[5], und diese, weit davon entfernt, mir Zerstreuung zu verschaffen, gab den seltsamsten Gedanken freien Lauf. Ich ließ das Buch und ging hinaus, um bis zum Dunkelwerden einen Spaziergang durch die Auen zu machen. Als ich in mein Schlafzimmer zurückkam, fühlte ich mich fiebrig und wickelte mich in Laken, aber es gelang mir nur, einen unruhigen und tausend Mal unterbrochenen Schlaf zu finden. Ich erinnere mich, dass ich in jener Nacht Zeuge der blutigsten Episoden der Eroberung von Mexiko war. Die aztekischen Priester öffneten ihren Opfern die Brust und rissen ihnen das noch schlagende Herz aus, um es dem schrecklichen Huitzilopochtli darzubieten, der dem

---

5 **Bernal Díaz del Castillo** (* zwischen 1492 und 1496 in Medina del Campo; † 1581 in Santiago de los Caballeros de Guatemala, Guatemala): Geschichte der Eroberung von Mexiko. Hrsg.: Georg Adolf Narziß. Insel-Verlag, Frankfurt am Main 1988.

Haupttempel vorstand. Ständig hörte man den Lärm des Kampfes, und Ströme von Blut umringten mich von allen Seiten ... Der „traurige Klang" der Trommel hallte in meinen Ohren wider, der laut Bernal Díaz noch in einer Entfernung von zwei Meilen zu hören war, und ich wachte erregt auf. Die Hauptglocke der Kathedrale ertönte düster.

Mit der ersehnten Morgenröte gewann ich meine Seelenruhe zurück. Ich arbeitete den ganzen Tag im Archiv des Domkapitels, wo ich die Dokumente finden konnte, die ich suchte, und es gelang mir sogar, die seltsamen Ereignisse des Vorabends zu vergessen.

Aber als ich am Abend in mein Zimmer kam, fand ich dort Pater Montero vor, der mich erwartete. Als ich ihn sah, fühlte ich mich erneut beschämt und schuldig.

„Hallo!" sagte ich und versuchte, vollkommene Ruhe zu zeigen. „Wie ich mich freue, dich zu sehen! Möchtest du, dass wir einen Spaziergang am Flussufer machen, bevor die Nacht kommt?"

„Rafael", rief er aus, ohne auf meine Frage einzugehen. „Erinnerst du dich an den Papagei des Huitzilopochtli, den du gestern gesehen hast?"

„Ja", sagte ich fast wie eine Herausforderung. „Hat man schon herausgefunden, wer das Attentat begangen hat?"

„Das wäre in einem so kurzen Zeitraum nicht einfach. Was ich dir erzählen möchte, denn ich vertraue auf deine Diskretion, ist Folgendes: Du musst wissen, dass seine Eminenz, der ein aktiver Mensch ist, gestern noch eine Nachricht in die Hauptstadt geschickt hat, damit einer der besten Juweliere kommt und so schnell wie möglich den Schaden behebt, der dem Papagei zugefügt wurde. Er kam mit dem Mittagszug an, und der Dechant, der Schatzmeister und ich sind heute Nachmittag das Schmuckstück holen gegangen, um es ihm zu übergeben. Aber stell dir vor, wie groß unsere Überraschung war, als wir den Safe öffneten und sahen, dass der Papagei verschwunden war! Wie der Dieb bis dorthin gelangen konnte, konnte sich niemand erklären."

Instinktiv hatten wir uns dem Fenster genähert, denn der Sonnenuntergang versprach, an diesem Abend wunderschön zu werden. Die Wasserspeier und sonstigen vorspringen Teile der gewaltigen Kathedrale wiesen schon Umrisse von Feuer auf, und die Wipfel der Bäume auf dem kleinen Platz und sogar die

Hortensien meines Balkons begannen, sich karminrot zu färben.

Plötzlich stieß mein Begleiter einen Schrei der Überraschung aus. Als ich den Blick auf die Stelle richtete, auf die er wie im Fieber deutete, sah ich den Papageien des Huitzilopochtli in kurzer Entfernung von uns auf einem Vorsprung des Turms sitzen.

„Er ist es!" rief er aus.

„Nein", sagte ich mit ziemlicher Ruhe. „Er gleicht ihm. Er ist lebendig, aber er hat einen gebrochenen linken Flügel. Ich selbst habe ihn ihm gebrochen."

Pater Montero sah mich mit Befremden an, und ich sah, wie seine zitternden Lippen eine Frage stellen wollten, aber in diesem Augenblick bewegte der Vogel die Flügel, die im Licht des Sonnenuntergangs glänzten, als ob eine Flut von Edelsteinen in ein Freudenfeuer fiele, und er erhob sich zum Flug in unsere Richtung. Er kam und setzte sich erneut auf das Geländer des Balkons. Ja, da war der Papagei des Huitzilopochtli in der Reichweite unserer Hände, aber wir wagten es nicht, ihn zu berühren!

Wir hielten den Atem an, und fasziniert von dem unerwarteten Ereignis bewegten wir uns während eines langen Zeitraums nicht.

Mit ich weiß nicht welcher äußersten Willensanstrengung versuchte Pater Montero plötzlich, ihn zu fangen. Aber der Vogel entwischte ihm durch die Hände und erhob sich zum Flug Richtung Westen. Ich geriet in Verzückung, als ich sah, wie sich der Vogel langsam und majestätisch durch die Lüfte entfernte, bis er zu einem winzigen Lichtpunkt wurde und sich dann in der Ferne verlor, als würde er in der Sonne am Horizont versinken.

Als ich das Gesicht wandte, bemerkte ich, wie Pater Montero unbeweglich mit dem Blick fest auf seine offene Handfläche gerichtet dastand. Auf ihr glänzten vier Smaragde und drei Rubine von beachtlicher Größe.

Manuel Romero de Terreros y Vinent, Marqués de San Francisco und Marqués de Pedreguera (Mexiko-Stadt, 24. Mai 1880 - ebda., 18. April 1968) war ein mexikanischer Wissenschaftler und Schriftsteller, der sich insbesondere mit zahlreichen Veröffentlichungen über Kunst und Architektur der Kolonialzeit in Mexiko einen Namen gemacht hat.

Abgesehen von einem 1956 erschienenen Band mit kurzen Theaterstücken sind diese Erzählungen seine einzigen eigenen literarischen Arbeiten.